हिन्द पॉकेट बुक्स

युग-पुरुष नेहरू

सेठ गोविन्ददास भारत के स्वतंत्रता संग्राम सेनानी, सांसद तथा हिन्दी के साहित्यकार थे। उन्हें साहित्य एवं शिक्षा के क्षेत्र में सन 1961 में पद्म भूषण से सम्मानित किया गया था। भारत की राजभाषा के रूप में हिन्दी के वे प्रबल समर्थक थे। सेठ गोविन्ददास हिन्दी के अनन्य साधक, भारतीय संस्कृति में अटल विश्वास रखने वाले, कला-मर्मज्ञ एवं विपुल मात्रा में साहित्य-रचना करने वाले, हिन्दी के उत्कृष्ट नाट्यकार ही नहीं थे, अपितु सार्वजनिक जीवन में अत्यन्त स्वच्छ, नीति-व्यवहार में सुलझे हुए, सेवाभावी राजनीतिज्ञ भी थे।

युग-पुरुष नेहरू

सेठ गोविन्ददास

हिन्द पॉकेट बुक्स

यूएसए। कनाडा। यूके। आयरलैंड। ऑस्ट्रेलिया। सिंगापुर
न्यू ज़ीलैंड। भारत। दक्षिण अफ्रीका। चीन

हिन्द पॉकेट बुक्स, पेंगुइन रैंडम हाउस ग्रुप ऑफ़ कम्पनीज़ का हिस्सा है,
जिसका पता global.penguinrandomhouse.com पर मिलेगा

पेंगुइन रैंडम हाउस इंडिया प्रा. लि.,
चौथी मंजिल, कैपिटल टावर -1, एम जी रोड,
गुड़गांव 122 002, हरियाणा, भारत

पेंगुइन
रैंडम हाउस
इंडिया

प्रथम हिन्दी संस्करण हिन्द पॉकेट बुक्स द्वारा 1964 में प्रकाशित
यह हिन्दी संस्करण हिन्द पॉकेट बुक्स में पेंगुइन रैंडम हाउस द्वारा 2022 में प्रकाशित

10 9 8 7 6 5 4 3 2

इस पुस्तक में व्यक्त विचार लेखक के अपने हैं, जिनका यथासंभव तथ्यात्मक
सत्यापन किया गया है, और इस संबंध में प्रकाशक एवं सहयोगी
प्रकाशक किसी भी रूप में उत्तरदायी नहीं हैं।

ISBN 9789353493493

मुद्रकः रेप्रो इंडिया लिमिटेड

www.penguin.co.in

निवेदन

श्री जवाहरलालजी नेहरू के देहावसान के दो-तीन दिन बाद ही दिल्ली में 'हिन्द पॉकेट बुक्स' के संचालक श्री विश्वनाथजी ने मुझे कहा कि मैं पंडितजी की एक संक्षिप्त जीवनी हिन्द पॉकेट बुक्स साइज़ के एक सौ बीस पृष्ठ में लिखकर 15 जुलाई, सन् 1964 तक उन्हें दे दूं। उस समय तो मुझे मालूम हुआ कि यह बड़ा सरल कार्य होगा, परन्तु जब मैं यह कार्य करने बैठा तब मुझे जो कठिनाइयां दिख पड़ीं वे अपने साहित्य सृजन में विरल बार ही आई होंगी। जैसे-जैसे मैं यह कार्य करता गया मुझे भास होता गया कि यदि मुझसे जवाहरलालजी की जीवनी हज़ार या पांच सौ पृष्ठों में लिखने के लिए कहा गया होता तो वह कार्य मैं कहीं अधिक सरलता से कर सकता था। कहां जवाहरलालजी का महान व्यक्तित्व और उनके कार्य और कहां छोटे-छोटे एक सौ बीस पृष्ठों में उनका विवरण ! यह मुझे गागर में सागर भरने के सदृश जान पड़ा।

किसी प्रकार यह कार्य पूरा कर पाया हूं और अब यह संक्षिप्त जीवनी पाठकों के समक्ष जा रही है।

जवाहरलालजी के कुटुम्ब का और हमारे कुटुम्ब का बड़ा घनिष्ठ सम्बन्ध रहा है। उनके पिता पूज्य पंडित मोतीलालजी हमारे वकील थे। जब कभी वे जबलपुर आते हमारे यहां ही ठहरने की कृपा करते। प्रधानमंत्री होने तक जवाहरलालजी भी जबलपुर में हमारे यहां ही ठहरते। प्रधानमंत्री होने के पश्चात् भी शायद ही कोई ऐसा अवसर आया होगा जब जबलपुर आने

पर पंडितजी हमारे यहां भोजन करने न आए हों। अतः उनके कुटुम्ब और उनसे हमारा सम्बन्ध होने के कारण ही शायद विश्वनाथजी ने इस जीवनी को लिखने का भार मुझपर रखा। इसके पहले मध्य प्रदेश की पं० मोतीलाल नेहरू जन्म-शताब्दी-समारोह-समिति ने भी मुझसे पंडित मोतीलालजी की जीवनी लिखाई थी, जिसका हिन्दी संसार ने बड़ा अच्छा स्वागत किया था। उस कड़ी की यह दूसरी श्रृंखला है।

राजा गोकुलदास महल
जबलपुर —गोविन्ददास
15 जुलाई, 1964

विषय-सूची

युग-पुरुष नेहरू

व्यक्तित्व

व्यक्तित्व बड़ा व्यापक शब्द है। इस शब्द के भीतर व्यक्ति का बाह्य और अन्तरंग, कार्य और उसके परिणाम सभी कुछ आ जाता है। और व्यक्ति की इन चार प्रधान बातों से ही व्यक्तित्व निखरता है। जहां तक पहली बात है उससे केवल मानव का ही सम्बन्ध नहीं है। बाह्य सौन्दर्य समस्त जड़-जंगम सृष्टि में व्याप्त है और जिसे हम विभिन्न रूपों में देखते हैं।

परन्तु मानव को छोड़ जड़-जंगम जगत् का यह बाह्य सौन्दर्य व्यक्तित्व नहीं बनाता। उसमें तो इस पहली बात को छोड़कर शेष सभी तीन प्रधान बातें जब तक न हों अर्थात् अन्तरंग, कार्य और उसके परिणाम तब तक जिसे व्यक्तित्व कहा जाता है, उसका निर्माण हो ही नहीं सकता। यह व्यक्तित्व मानव का ही होता है; इस सृष्टि में अन्य किसी जड़-जंगम का नहीं। इसीलिए मानव इस सृष्टि की सर्वश्रेष्ठ रचना है।

मानवों में भी यह व्यक्तित्व विरल व्यक्तियों में ही निखरता है। और जिसमें ये चार बातें ठीक ढंग से प्रस्फुटित होती हैं, वे धन्य हैं।

पहली बात बाह्य बहुत दूर तक निसर्ग से मिलती है। उसे मानव निखारने का यत्न अवश्य कर सकता है, पर जब तक निसर्ग से उसे यह प्राप्त न

हो तब तक वह स्वयं उसे प्राप्त नहीं कर सकता। अन्तरंग कुछ दूर तक निसर्ग की देन है। परन्तु उसका निर्माण बहुत दूर तक मानव स्वयं करता है। इसका फल यदि कर्मठता न हो तो ऊंचे से ऊंचे अन्तरंग के भाव भी व्यक्तित्व नहीं बना पाते और अन्त में इसे कर्मठता के परिणाम व्यक्तित्व को पूर्णरूप से निखारते हैं।

फिर इस व्यक्तित्व के भी जो व्यक्ति के बाह्य, अन्तरंग, कार्य और व्यापार से बनता है दो रूप हैं : एक व्यष्टि और दूसरा समष्टि का। कोई भी ऐसा व्यक्ति जो निजता एवं निर्दिष्ट सीमाओं में अपने को सीमित रखे हुए है, भले ही अपने रूप-स्वरूप, धन और वैभव आदि के द्वारा अपना व्यक्तित्व निर्मित कर ले, लेकिन वह समष्टि से तटस्थ होकर महापुरुष कदापि नहीं बन सकता। अतः स्पष्टतया व्यक्ति को अपने व्यक्तित्व-निर्माण में अपने-आप को समष्टि हित अर्पित करना होगा तभी उसका व्यक्तित्व विश्वव्यापी और महापुरुष की गणना में गिना जाएगा।

पं० जवाहरलाल नेहरू आधुनिक युग का एक ऐसा ही व्यक्तित्व थे जिसमें गुलाब के फूल की सुरखी और कोमलता दोनों ही विद्यमान थी। उनका बाह्य जितना सुन्दर, तेजस्वी और आकर्षक था, अन्तरंग भी उतना ही विमल, ओजस्वी और आत्माकर्ष। बाह्य सौन्दर्ययुक्त वस्तुएं केवल नेत्र तृप्ति का काम करती हैं, किन्तु अंतरंग भी यदि सुन्दर हो तो सोने में सुहागा की भांति नेत्र और आत्मा दोनों के सुख, संतोष और तृप्ति का हेतु बनता है। जवाहरलालजी का अन्तर और बाहर दोनों इसी कोटि के थे।

फिर व्यक्तित्व के निर्माण में जो कार्य और उसके परिणाम किसी व्यक्ति को महापुरुष बना देते हैं उस कार्य और परिणाम की दृष्टि से भी जवाहरलालजी आधुनिक काल के केवल इसी देश के नहीं वरन् समस्त विश्व के एक महापुरुष बन गए। इस प्रकार व्यक्तित्व के निर्माण में हमने जिन चार प्रमुख बातों को आवश्यक माना है, बाह्य, अन्तरंग, कार्य और परिणाम वे चारों ही बातें जवाहरलालजी में अपने उत्कृष्ट रूप में विद्यमान थीं।

हम ऊपर लिख चुके हैं कि मानव में अन्तरंग प्रधान रहता है। इसी अन्तरंग की प्रेरणा से उसके कार्य होते हैं और उन कार्यों के परिणाम निकलते हैं। जवाहरलालजी के अन्तरंग के जिन प्रधान सद्‍गुणों ने प्रधानतया उनके व्यक्तित्व का विकास किया अब हम उन्हींका विवेचन करेंगे। इसमें निसर्ग का और उनके स्वयं का भी योगदान रहा है।

निसर्ग ने उन्हें प्रचक्षण बुद्धि दी थी। उनके मस्तिष्क में चिन्तन की महान शक्ति थी और हृदय में भावनाओं का महान सागर लहरा रहा था।

निसर्ग द्वारा प्रदत्त इस प्रचक्षण बुद्धि का उच्च कोटि की शिक्षा द्वारा विकास हुआ। हृदय में भय का लवलेश न था। भगवान श्रीकृष्ण ने भगवद्‍गीता में देवी सम्पत्तिवाले मानवों के जो गुण कहे हैं उनमें अभय पहला शब्द है। वे जीवन में कभी किसी बात से भयभीत नहीं हुए। इस अभय ने उनमें साहस को प्रादुर्भूत किया। अभय और साहस के रहते हुए भी यदि लोभ हो जाए तो वह इन दोनों सद्‍गुणों को गलत रास्ते पर ले जा सकता है। काम, क्रोध, लोभ, मोह, मद और मत्सरताएं ये छः प्रधान दुर्गुण माने गए हैं। छहों ही दुर्गुण हैं इसमें संदेह नहीं है। परन्तु इन दुर्गुणों में लोभ सबसे बड़ा दुगुण है। अभय और साहस के साथ जब लोभ नहीं रहता तब जीवन में व्यक्ति विचलित हो पथभ्रष्ट नहीं हो पाता।

निसर्ग से प्राप्त इन सद्गुणों का विकास करते हुए जवाहरलालजी ने अपने जीवन को ठीक दिशा में मोड़ा। सबसे अधिक ध्यान उन्होंने दो बातों की ओर दिया। किसी प्रकार का आलस्य न रहे और समय का पूरा-पूरा सदुपयोग किया जाए। इस मर्त्यलोक से एक न एक दिन सबको जाना है। यदि आलस्यवश अथवा अन्य प्रकार से भी समय को ही खो दिया जाए तो कुछ प्राप्त नहीं किया जा सकता। भगवान शंकराचार्य का देहावसान तैंतीस वर्ष की अवस्था में हो गया। इतने थोड़े समय में समय का पूरा उपयोग करने के कारण उन्होंने कितना अधिक कार्य कर डाला। सम्राट अकबर केवल तीन घंटे सोते थे, उनका शेष समय कार्य में व्यतीत होता था। भाग्य और

परिस्थितियां नेहरू के अनुकूल रहीं, इसमें सन्देह नहीं। परन्तु केवल भाग्य और परिस्थिति ने उन्हें इतना बड़ा नहीं बना दिया। एक बार उन्होंने कहा था, "यह समझना भूल होगा कि दो-चार छलांगें मारकर मैं सार्वजनिक जीवन के शिखर पर पहुंच गया। इसके लिए बहुत लम्बे समय तक मुझे लगातार कोशिश करनी पड़ी है। हां, यह बात ज़रूर है कि मैंने शुरू ऊंचे स्तर से किया था।" इन दिनों उनकी दिनचर्या कुछ इस प्रकार थी : ठंड के दिनों में वे प्रातःकाल साढ़े छः बजे उठा करते थे। इसके बाद का घंटा हठयोग का कुछ आसन करने में बीतता था, जिनमें शीर्षासन प्रमुख था। इस शीर्षासन के खिलाफ रूस के कुछ पत्रों में लिखा गया था। मैंने रूस के पत्रों की इस सम्मति के सम्बन्ध में उनसे पूछा तो वे बोले, "रूस के पत्रों ने शीर्षासन उनके लिए खतरनाक बताया है जिनको दिल की बीमारी है। मेरा दिल बिलकुल ठीक है। जिनके दिल में कोई गड़बड़ी हो वे उसे न करें।" लेकिन मृत्यु के चार वर्ष पहले उन्होंने शीर्षासन छोड़ दिया था। जब मैंने उनसे इसका कारण पूछा तो वे बोले, "इधर शीर्षासन करते हुए मुझे कुछ झटके-से लगने लगे थे। इसलिए मैंने छोड़ दिया है।" इन आसनों के बाद वे अखबारों पर सरसरी नज़र डालते। एक दिन जब मैंने उन्हें इस तरह अखबार उलटते-पुलटते देखा और पूछा कि "आप तो अखबारों पर केवल नज़र फेंकते हैं," तब बोले, "बहुत ज़्यादा अखबार पढ़ना मैं अच्छा नहीं समझता। फिज़ूल वक्त ज़ाया होता है और दिमाग खराब होता है।" इसके बाद वे स्नान करते। लगभग आठ बजे कपड़े पहन वे दफ्तर में आ जाते। पहले आए हुए तारों को देखते, जिनकी संख्या काफी रहती। फिर उन पत्रों पर दस्तखत करते जो पहले दिन संध्या को उन्होंने लिखाए होते। प्रातःकाल का नाश्ता वे इसके बाद करते। नाश्ते में होता टोस्ट का एक टुकड़ा, अंडा, दूध के साथ थोड़ा सा दलिया, कॉफी और फल का रस। इस नाश्ते के समय कुटुम्बी और घर में ठहरे हुए मेहमान रहते। कभी-कभी हम लोगों के सदृश व्यक्ति भी पहुंच जाते। नाश्ता कर वे अपने बंगले के एक लॉन में अपने बिल्ली के सदृश हिमालय के चार छोटे-छोटे भालुओं को

देखने जाते। इन भालुओं के लिए एक लॉन में एक विशाल पिंजड़ा बनाया गया था। करीब नौ बजे वे सचिवालय में अपने वैदेशिक विभाग के दफ्तर में पहुंच जाते। यदि संसद चलती होती तो पौने ग्यारह बजे संसद भवन में पहुंचते, जहां एक बजे तक रहते अन्यथा वैदेशिक विभाग में एक बजे तक रहते। नौ बजे से ही मुलाकातें आरंभ हो जातीं और ये मुलाकातें संध्या तक, कभी-कभी रात के बारह बजे तक भी चलतीं। एक बार उन्होंने मुझे रात को पौने बारह बजे मिलने बुलाया था। ये मुलाकातें सचिवालय में वैदेशिक विभाग के उनके दफ्तर, संसद भवन में उनके दफ्तर (कमरा नं० 9) और घर पर भी चलतीं। एक बजे दोपहर का भोजन (लच) होता। इस भोजन के लिए वे घर जाते। भोजन कभी भारतीय ढंग का और कभी पश्चिमी ढंग का होता। वे निरामिष भोजी नहीं थे, काश्मीरी ब्राह्मण निरामिष भोजी नहीं होते और फिर जवाहरलालजी के रहन-सहन पर तो पश्चिमी प्रभाव था। परन्तु सामिष भोजन बहुत कम होता। भोजन में बहुत अधिक चीज़ें भी नहीं रहतीं। लंच के बाद लगभग आधा घंटा विश्राम कर वे फिर सचिवालय में अपने दफ्तर अथवा संसद के चलते हुए लगभग तीन बजे संसद भवन में पहुंच जाते। संसद भवन में वे प्रायः साढ़े पांच बजे तक रहते और जब संसद न चलती तब अपने सचिवालय के दफ्तर में आठ बजे रात के भोजन (डिनर) के समय तक। अपराह्ण भी चाय पांच बजे या तो संसद भवन के दफ्तर अथवा सचिवालय के दफ्तर में होती। चाय बहुत हलकी पीते। चाय के साथ या तो दो बिस्कुट अथवा दो सेण्डविच खाते। कभी-कभी इनके साथ कुछ नमकीन काजू भी रहते। चाय के प्याले में एक तराशा हुआ नीबू अवश्य रहता। यह नीबू चाय में निचोड़ा न जाता केवल सुगंध (फ्लेवर) के लिए पड़ा रहता। रात का भोजन भी दोपहर के सदृश ही होता। सरकारी फाइल तो दिन-भर निपटाते रहते, पर विशिष्ट सरकारी काम के लिए नौ बजे रात्रि से बारह बजे रात्रि तक का समय नियुक्त रहता। रात को बारह बजे से एक बजे तक वे कुछ पढ़ते और रात को एक बजे सोते। पहले दो बजे सोते थे और छः बजे उठ जाते थे। इस प्रकार केवल चार घंटे सोते थे।

हाल ही में कुछ समय से एक घंटा आराम और बढ़ा दिया था। कोई सभाएं, आम भोजन आदि होते तो इसी समय के भीतर उनके लिए भी समय निकलता। बाहर के कोई मेहमान दिल्ली आते तो उन्हें लेने के लिए हवाई अड्डे पर निर्विवाद रूप से पहुंचते। दौरों पर भी यह कार्यक्रम यथावत् चलता रहता। थोड़ा बहुत परिवर्तन तो दौरों के कारण होता ही। इस दिनचर्या से ज्ञात होता है कि 24 घंटे में से लगभग सोलह घंटे का समय इस अवस्था में भी उनका कार्य करने में ही व्यतीत होता। प्रधान मंत्री होने के पूर्व को समय तो जेलों में और जेलों के बाहर, और अधिक कार्य में जाता; जेलों में पढ़ने-लिखने में और जेलों के बाहर विविध प्रकार के कार्यों में। इस प्रकार हम देखते हैं कि उन्होंने निरालस्य रह अपने समय का पूरा-पूरा सदुपयोग किया। और वक्त की पाबन्दी पर तो उनका इतना ध्यान रहता कि किसी भी आयोजन में वे एक क्षण भी देर से न पहुंचते। गांधीजी को छोड़ समय का ऐसा सदुपयोग और समय की पाबंदी आधुनिक काल में बहुत कम लोगों ने की है। उनके इतने अधिक कार्य कर सकने के दो प्रधान कारण थे। एक तो उनके भीतर शक्ति का महान संचय था और मृत्यु के दो-तीन वर्ष पहले तक उनका स्वास्थ्य सदा बहुत अच्छा रहा। जवाहरलाल बीमार हैं यह तो किसीने कभी सुना तक न था। अपने स्वास्थ्य के विषय में सन् 1930 में उन्होंने जेल से लिखा था, "मैंने तन्दुरुस्ती और चुस्ती को जीवन में हमेशा महत्त्व दिया है।" छुट्टियां भी उन्हें बहुत पसन्द थीं, पर कठिनाई से छुट्टियां मिल पातीं। छुट्टियों में वे प्रायः पहाड़ों पर जाते। दूसरे जवाहरलालजी में विचारक और कर्मठता दोनों के गुण विद्यमान थे। इन दोनों गुणों के कारण ही उनका व्यक्तित्व इतना प्रभावशाली बन सका। विचारक की दृष्टि से उन्होंने कुछ मान्यताएं स्थिर कीं। इन मान्यताओं में सबसे बड़ी मान्यता थी सत्य का आश्रय। अपने सन् 1950 के एक भाषण में उन्होंने कहा, "जीवन की समस्याओं की तरफ वैज्ञानिक दृष्टिकोण आप किसे कहेंगे ? मैं समझता हूं हर चीज़ को अच्छी तरह देखने-भालने, उसके परीक्षण करने, भ्रांति भंग और प्रयोग द्वारा सत्य की खोज करने का नाम ही वह वैज्ञानिक

दृष्टिकोण होता है। कभी यह नहीं समझना चाहिए कि 'बस यही सत्य है', बल्कि यह समझने की कोशिश करनी चाहिए कि 'क्यों सत्य है' और अगर उसकी सत्यता पर भरोसा हो जाता है तो उसे मंजूर कर लेना चाहिए और उसके मुकाबले कोई दूसरा सुबूत मिलने पर उस पिछली राय को बदलने की क्षमता होनी चाहिए। सारांश यह कि एक उदार मस्तिष्क होना चाहिए, जो सत्य को, जैसा और जहां भी वह उपलब्ध हो मंज़ूर करे।" यहां सवाल यह उठता है कि यह सत्य क्या है, इस संबंध में भी उन्हीं के विचार सुनिए, "अन्तिम वास्तविकता के रूप में, सत्य यदि यह है तो निश्चय ही अनादि, अनन्त, अविनाशी, अपरिवर्तित होगा। लेकिन उस असीम, अविकारी और शाश्वत सत्य को इंसान की सीमित बुद्धि में उसका एक छोटा जुज़ ही ग्राह्य हो सकता है, जो काल और देश से सम्बद्ध बुद्धि की अपनी विकास स्थिति से तथा युग की भावना से परिसीमित होता है।" और सत्य के स्वरूप की व्याख्या कर उन्होंने फिर कहा "दुनिया में ऐसी कोई भी चीज़ जो ज़िन्दा है, एक-सी नहीं रह सकती। तमाम प्रकृति दिन ब दिन और प्रति क्षण बदलती रहती है। निर्मल जल प्रवाहमान रहता है। अगर आप रोक दें तो वह सड़ जाएगा। यही बात मानव-जीवन के लिए भी है और यही राष्ट्रजीवन के लिए भी।"

जवाहरलालजी बड़े ज़िम्मेदार व्यक्ति थे। जो काम वे हाथ में लेते उसे पूरा करने के लिए तन और मन से जुट जाते, और अधिकतर अपने हाथ में लिए हुए कार्यों को दूसरों पर न टाल स्वयं करते। यदि किसीको कोई काम सौंपते तो उस काम को पूरा करने के लिए उसका समय भी निश्चित कर देते। उस समय के भीतर उसके काम के बीच दखल न देते। यदि उस काम के संबंध में उन्हें उसे और कुछ कहना होता अथवा उसी व्यक्ति से संबंधित कोई काम आ जाता तो उसे अपने दफ्तर में न बुला स्वयं उसकी मेज़ के पास जाते।

भावुक हृदय होने के कारण उन्हें जन-साधारण का ही नहीं व्यक्तियों के सुख-दुःख का भी बड़ा ध्यान रहता। क्षुधितों, दलितों, रुग्णां की यथाशक्ति वे व्यक्तिगत सहायता भी करते। ऐसे अगणित पात्रों को उन्होंने अपनी जेब

से आर्थिक तथा अन्य प्रकार की सहायताएं भी दी हैं। व्यक्तिगत रूप से करुणा तथा कष्ट-निवारण की भावना उनमें इतनी अधिक परिमाण में थी इसका यहां एक ही उदाहरण देना पर्याप्त होगा।

हाल ही में अपनी मृत्यु के कुछ ही दिन पूर्व जब उनके निवास स्थान पर उनका एक कर्मचारी एक सोफा उठाकर ऊपरी मंजिल पर ले जा रहा था तो ज्योंही उनकी दृष्टि उसपर पड़ी वे तत्काल उठे और उसके निकट आ बोले, "क्यों भाई और लोग कहां गए ?" नौकर ने कुछ जवाब दिया कि इस बीच उन्होंने उस सोफे को अपने हाथ लगा दिए। नौकर ने जब देखा कि प्रधानमंत्री उसके साथ सोफा उठाए हैं तो वह बहुत गिड़गिड़ाया और आग्रह किया कि वे उसे छोड़ दें, वह स्वयं अकेला उसे ऊपर ले जाएगा। परन्तु पंडितजी भला कब माननेवाले थे। उन्होंने बराबर सहारा देकर उस सोफे को उसके साथ ऊपर ले जाकर जब तक रखवा न दिया, वापस न लौटे। उनमें उदारता भी असीम थी। इस उदारता कें कारण वे अपने से विभिन्न मत रखनेवालों का भी आदर करते थे। मुझे दो बार इसके व्यक्तिगत अनुभव हुए। एक बार सन् 1955 में मेरे गौ-वधनिषेध विधेयक पर लोक सभा में चर्चा चल रही थी। विधेयक के तृतीय वाचन के समय पंडितजी ने आकर मेरे उस विधेयक का घोर विरोध किया। चूंकि विधेयक मेरा था इसलिए अंतिम उत्तर देने का मुझे अधिकार था। अपने उत्तर के भाषण में मैंने कहा कि गाय के मामले में मैं जवाहरलालजी को कोई विशेषज्ञ नहीं मानता। वे प्रजातंत्र के समर्थक हैं अतः यदि उन्हें अपनी राय रखने का अधिकार है तो मुझे भी अपनी राय रखने का अधिकार है। पंडितजी तत्काल उठें और उन्होंने कहा, "आपको अपनी राय रखने का ज़रूर अधिकार है।"

दूसरे जिस प्रसंग का मुझे व्यक्तिगत अनुभव है वह है सन् 1963 में जब लोक सभा में अंग्रेज़ी को अनिश्चित काल तक चलाने के लिए एक सरकारी विधेयक आया। उस समय श्री सचेतक का कांग्रेस के सदस्यों को विधेयक के पक्ष में वोट देने का आदेश था, कांग्रेस दल में मैं हीं एक ऐसा सदस्य था जिसने बिना सचेतक की अनुमति लिए इस आदेश की अवहेलना

की। और अपने भाषण द्वारा इस विधेयक का विरोध ही नहीं किया, परन्तु इसके विरुद्ध अपना वोट भी दिया। मुझपर अनुशासन की कार्यवाही की जा सकती थी पर इस प्रकार की कोई कार्यवाही नहीं की गई। इतना ही नहीं, जवाहरलालजी ने लोक सभा में मेरे भाषण की उलटे प्रशंसा की।

बड़ी-बड़ी बातों के सिवा छोटी-छोटी बातों का भी वे बड़ा ध्यान रखते थे। इसके अनेक उदाहरण हैं। इस संबंध में भी अपना एक व्यक्तिगत अनुभव यहां दे रहा हूं। मैं अपनी साहित्यिक कृतियों को सदा उनकी भेंट किया करता था। कभी-कभी यदि उन्हें अवकाश होता तो कोई छोटी-मोटी कृति सुना भी देता। 'बफे डिनर' के विरुद्ध मैंने 'उठाओ खाओ खाना' नामक एक एकांकी नाटक लिखा था। वे जब जबलपुर आते तब सदा हमारे यहां भोजन करने आते। 1959 में जब मैं बदरीनाथ गया था तब वे जबलपुर आए और नियमानुसार हमारे यहां भोजन के लिए पधारे। मैं बदरीनाथ से लौटकर दिल्ली में जब उनसे मिला और मेरी गैरहाज़िरी में भी मेरे घर आकर भोजन करने के लिए धन्यवाद दिया तब वे हंस कर बोले, "आपके घर में मुझे 'उठाओ खाओखाना' दिया गया था।" मैं भी हंस पड़ा और मुझे याद आया कि मैंने जो अपना नाटक उन्हें सुनाया था वह उन्हें अब तक याद था। इसके पहले जवाहरलालजी को हमारे यहां उठाओ खाओ खाना कभी नहीं दिया गया था। यदि मैं जबलपुर होता तो इस बार भी यह न किया जाता।

व्यक्तिगत और छोटे-मोटे समुदायों से उनका संबंध नहीं था ऐसा तो नहीं कहा जा सकता, परन्तु इस प्रकार के संबंधों में जिसे मैत्री की संज्ञा दी जाती है वैसा संबंध उनका शायद ही किसीसे रहा था। आरंभ से ही उनका जीवन एकाकी रहा। बचपन में कोई सखा-संगी नहीं। विवाह के थोड़े दिन बाद ही राजनीति में प्रवेश, जिसके कारण जेल दूसरा घर हो गया। फिर युवावस्था में पत्नी का निधन। मैंने पंडितजी के दर्शन सर्वप्रथम सन् 1920 में तब किए थे जब वे मोतीलालजी के साथ कांग्रेस के नागपुर अधिवेशन में जा रहे थे। उनका पूरा कुटुम्ब उनके साथ था और जबलपुर

में उनकी मेहमानदारी का सौभाग्य हम लोगों को मिला था। मोतीलालजी से मेरे पिताजी का घनिष्ठ संबंध रहा था। हमारे बड़े-बड़े अदालती कार्यों में मोतीलालजी हमारे काउंसिल थे। सन् 1930 तक जब मोतीलालजी की मृत्यु हुई, मोतीलालजी और उसके बाद प्रधान मंत्री होने तक जवाहरलालजी जब कभी भी जबलपुर आते हमारे ही मेहमान होते। प्रधान मंत्री होने के पश्चात् भी जब-जब वे जबलपुर आए हमारे यहां भोजन को अवश्य आते। परन्तु व्यक्तिगत दृष्टि से हम दोनों एक-दूसरे से उतने ही दूर रहे जितने उस पहले दिन थे जब सन् 1920 में पहली बार हमने एक-दूसरे को देखा था। किसी सार्वभौम नेता का यह शायद बहुत बड़ा सद्गुण भी है कि उसका किसीसे व्यक्तिगत संबंध न हो, क्योंकि तभी तो वह सबको समदृष्टि से देख सकता है। परन्तु मैत्रीवाला व्यक्तिगत संपर्क न रखते हुए भी जो जैसा है उसकी जवाहरलाल उचित परख न करते हों अथवा जानकारी न रखते हों यह बात भी नहीं थी। सन् 1957 में जब मेरी हीरक जयन्ती मनाई गई उस समय मुझे एक अभिनन्दन-ग्रन्थ दिया गया था। उस अभिनन्दन-ग्रन्थ में अनेक गण्यमान महानुभावों ने मेरे संबंध में अपने संदेश भेजे थे। जवाहरलालजी ने भी संदेश भेजा और यह पूरा का पूरा संदेश उन्होंने स्वयं अपने हाथ से हिन्दी में लिखकर भेजा। इतना ही नहीं, दिल्ली के जिस आयोजन में यह अभिनन्दन-ग्रन्थ दिया गया उसमें पंडितजी स्वयं पधारे थे और अपने हाथ से मुझे यह अभिनन्दनग्रन्थ उन्होंने भेंट किया था। ऐसे मामलों में वे मतभेदों की भी परवाह न करते। राजर्षि पुरुषोत्तमदास टण्डन और जवाहरलालजी का अनेक सिद्धांतों पर जो मतभेद रहा वह किसी से छिपा नहीं है। पर जब टण्डनजी की 75वीं वर्षगांठ दिल्ली में संसद सदस्यों ने मनाई तब जवाहरलालजी स्वयं उस आयोजन में आए। जवाहरलालजी के उस दिन टंडनजी-संबंधी भाषण ने हममें से अनेक को गद्गद कर दिया। उन्होंने टंडनजी को महापुरुष कहा और अपने भाषण के अंत में वे जिस प्रकार टंडनजी से गले मिले वह दृश्य देवताओं के देखने योग्य था। इन दिनों श्री राजगोपालाचार्य से उनका जो मतभेद हो गया था

वह भी सर्वविदित है। परन्तु इस मतभेद के बावजूद जब राजाजी सर्वप्रथम अपने स्वतंत्र दल का प्रचार करने दिल्ली आए तब जवाहरलालजी उनके निवासस्थान पर जाकर उनसे मिले और विनोद में उनसे कहा, "मैं यह देखने आया हूं कि आप अभी कितने जवान हैं।"

जवाहरलालजी यथार्थ में किसी जन के व्यक्ति न हो जनता के व्यक्ति रहे हैं। इसीलिए जन-समुदाय में उन्हें स्फूर्ति मिलती और जनता के बीच वे जितने प्रोत्साहित रहते, अन्यत्र कहीं नहीं। भारी जन-समुदाय को देख वे ऐसे उल्लसित-प्रफुल्लित हो उठते कि उनकी सारी मुखमुद्रा ही उत्साह से भर जाती। जनता को वे सामने से देखते, पीछे से देखते, दाहिनी ओर से देखते, बाईं ओर से देखते। कभी-कभी यदि जनता नियन्त्रित नहीं रहती तो उसके बीच में कूद पड़ते। जनता भी उनपर उतनी मुग्ध थी कि जहां कहीं भी वे जाते लाखों की संख्या में वह एकत्रित होती। और यह नहीं कि उसने उन्हें उसके पूर्व कभी देखा नहीं होता। आज कहीं पहुंचेगे तो वही बात और उसके दूसरे दिन भी यदि वहां पहुंचे तो वही बात। रामायण, महाभारत, भागवत आदि ग्रंथों में भगवान राम और कृष्ण के दर्शन के लिए जन-समुदाय किस प्रकार उमड़ता इसके वर्णन आए हैं। लोग सुध-बुध भूल गिरेंगे, दबेंगे, हाथ-पैर टूटेंगे, चपेट में आकर प्राणांत भी हो सकता है इस सबकी परवाह न कर जिस प्रकार राम और कृष्ण के दर्शन को लोग दौड़ते इसी प्रकार जवाहरलालजी के सम्बन्ध में भी होता। इसका क्या रहस्य था ? जवाहरलालजी का रूप ? क्या उनसे अधिक सुन्दर कोई नहीं है ? उनकी विद्वत्ता ? क्या उनसे अधिक विद्वान नहीं है ? उनका भाषण ? कुशल वक्ता तो वे कभी रहे ही नहीं। उनके लम्बे सार्वजनिक जीवन में ऐसे थोड़े ही अवसर आए हैं जब उनका कोई ओजस्वी भाषण हुआ हो—स्वतन्त्रता के आन्दोलनों में दो-चार बार, स्वतन्त्रता-प्राप्ति के दिन 14 अगस्त की अर्द्धरात्रि को संविधान सभा में, गांधीजी की हत्या के समय या एक-दो बार ही और। जिन विषयों पर वे जनता में बोलते वे प्रायः वे ही विषय रहते जिनपर सदा बोला करते थे। पिटे-पिटाये, सूखे-साखे। भाषा, मुद्रा, वक्ता

की कला, हर वस्तु से प्रायः रहिंत और इतने पर भी लोग सांस रोककर उनकी बातों को सुनते। क्या उनसे अच्छे वक्ता नहीं है ? फिर इस आकर्षण का कारण क्या था ? इस आकर्षण में सभी बातें मिली हुई थीं। उनका स्वरूप, उनका पुराना शाही जीवन और उस प्रकार के जीवन के विपरीत इस समय का त्यागमय जीवन, देश के उत्थान के लिए तन, मन और धनवाला अथक कार्य, असंदिग्ध देशभक्ति, प्रथम कोटि की ईमानदारी और सच्चरित्रता, सत्यनिष्ठा, जनता से नित्य प्रति का संपर्क, जिन गांधीजी को देश ने अपना सर्वस्व माना था उनका आशीर्वाद तथा उनका उत्तराधिकार। इन समस्त बातों के संग्रह ने नेहरूजी को इतना जनप्रिय बनाया। संसार में सभी कालों में, सभी देशों में जो वीरपूजा की वृत्ति रही है, जनता में जवाहरलालजी के सम्बन्ध में भी वही वीरपूजावाली वृत्ति जाग्रत् हो गई थी।

कुछ लोगों का मत है कि जवाहरलालजी के प्रति लोगों के इस असाधारण आकर्षण का एक कारण था और यह था उनके व्यक्तित्व में विरोधी बातों का समावेश। 'गांधी, टैगोर और नेहरू' के लेखक श्रीकृष्ण कृपलानी अपनी इस पुस्तक में जवाहरलाल के सम्बन्ध में लिखते हैं, "अभिजात वर्ग के हैं पर उनका साधारण जन-समुदाय पर स्नेह है। वे राष्ट्रवादी हैं पर अन्तर्राष्ट्रीयता के पोषक हैं। वे दुद्धिवादी हैं पर गहरी भावनाओं में लिपटे हुए। इन विरोधी बातों ने उनके व्यक्तित्व को अत्यधिक आकर्षक बना दिया है।" नेहरूजी और जनता के बीच एक विलक्षण बात और थी जो नेहरूजी के शब्दों में ही सुनिए,

"मैं भीड़ की तरफ बढ़ा और भीड़ मेरी तरफ, तो भी मैं उसमें विलीन नहीं हुआ, उससे अलग ही रहा। अपने अलग मानसिक मचान से मैंने भीड़ पर एक आलोचनात्मक नज़र दौड़ाई और मुझे ताज्जुब हुआ कि मैं, जो हर तरह से अपने चारों तरफ खड़े इन हज़ारों आदमियों से भिन्न हूं, आदतों, इच्छाओं और मानसिक व आध्यात्मिक बातों में एकदम असंग, इन लोगों की सद्भावना और विश्वास का पात्र कैसे बन गया? क्या इसलिए कि जो कुछ मैं हूं, उससे भिन्न उन्होंने मुझे कुछ और समझा है। जब वे मुझे और पहचान जाएंगे तो क्या उस वक्त भी वे मेरे साथ इसी तरह पेश आएंगे ?

क्या मैं झूठे दावों से उनकी सद्भावनाओं का केन्द्र बन गया हूं ? मैंने उनसे साफ-साफ बात करने की कोशिश की। कभी उन्हें डांट-फटकार कर, और कभी उनके चिरपालित अंधविश्वासों और प्रथाओं की आलोचना कर। फिर भी वे मेरे साथ धीरज से बंधे रहे ! लेकिन इस विचार से मैं अपने को पूरी तरह मुक्त नहीं कर सका कि उनका स्नेह और प्रेम खुद मेरे लिए नहीं था, यानी जैसा कि मैं हूं, बल्कि मेरे पसन्द किसी ऐसे काल्पनिक चित्र के लिए था जो उन्होंने अपने हृदय में अंकित कर लिया था। यह झूठा चित्र कब तक बना रहेगा और उसे बना रहने का मौका भी क्यों दिया जाए ? जब यह चित्र मिट जाएगा और वे सचाई से परिचित होंगे तब क्या होगा ?"

अपनी लोकप्रियता के सम्बन्ध में भी वे लिखते हैं,

"मेरे पास इस सवाल का कि मैं इतना लोकप्रिय क्यों हुआ, कोई संतोषजनक जवाब नहीं है।...मुझे मालूम हुआ कि मेरे और पिताजी के बारे में लोगों को बताया गया है कि हम इतने अमीर थे कि हमारे कपड़े पेरिस से धुलकर आते थे। मेरे लिए इससे ज़्यादा ऊटपटांग और बेहूदा बात सोचना भी मुश्किल है।...लेकिन इसमें शक नहीं कि मेरी लोकप्रियता के आसपास का ढांचा झूठे धन-वैभव सम्बन्धी ऐसी ही लोक-कथाओं से बना है। जो कुछ हो, सर्वसाधारण की यह धारणा अपनी जगह पर थी कि हम लोग एक ऊंचे तबके के हैं और ऐश्वर्यपूर्ण जीवन व्यतीत करते थे, फिर हमने उन सबका परित्याग कर दिया और त्याग की भावना ने तो भारतीय विचार-प्रक्रिया को हमेशा ही आकर्षित किया है।"

गांधीजी को छोड़कर जवाहरलाल से अधिक लोकप्रिय आधुनिक काल में और कोई व्यक्ति नहीं हुआ।

ऐसे जवाहरलालजी में कोई दोष नहीं थे यह नहीं कहा जा सकता। इस सृष्टि की रचना ही कुछ ऐसी है कि सब प्रकार के दोषों से रहित निर्दोष वस्तु की तो हमने ईश्वर में ही कल्पना की है।

उनका सबसे बड़ा दोष था उत्तेजनामय क्रोध। यह उन्हें अपने पिता से उनके अनेक सद्गुणों के साथ एक दुर्गुण भी प्राप्त हुआ था। इस क्रोध

के साथ एक बात और जुड़ गई थी। वह थी जल्दबाज़ी, जो मोतीलालजी में नहीं थी। शायद कार्य का अत्यधिक भार और उसे किसी तरह जल्दी-जल्दी निपटाने के कारण जवाहरलालजी के स्वभाव में यह जल्दबाज़ी पैदा हुई थी। उनके इस प्रखर स्वभाव के कारण अनेक बार अनेक अशोभनीय बातें भी हो जाया करती थीं। उनको इस प्रखरता के कारण उनके निकट जाने और उनसे कुछ कहने का हर किसीको साहस नहीं होता था, क्योंकि यह भय-सा लगा रहता था कि किसी क्षण भी वे कोई ऐसी बात न कर बैठें जिससे अपमान हो जाए। पर इसके साथ एक बात और मैंने प्रायः देखी कि यदि पण्डितजी से मतभेद हो, और उसमें कोई तीव्र विवाद चल रहा हो, तथा पण्डितजी जोश में आकर कुछ कह रहे हों, तो उनसे मतभेद रखनेवाला व्यक्ति यदि उनसे भी तीव्र हो जाए तो नेहरूजी एकाएक चुप भी हो जाते थे। किन्तु इन दो दोषों के अतिरिक्त उनमें एक और गम्भीर दोष था वह था विचार की द्वैधता। हर वस्तु के सब पहलुओं को देखना एक सद्गुण है। परन्तु इसीसे द्वैधता की उत्पत्ति होती है। गांधीजी के कारण जवाहरलालजी के इस दोष से कोई विशेष हानि नहीं हो पाई, क्योंकि गांधीजी जब कोई निर्णय करते थे तब नेहरूजी अपने मत की भी परवाह न कर उनके साथ चलने लगते थे। और गांधीजी के बाद भी उन्हींके आदर्शों पर चलने के कारण उनके इस दोष से कोई हानि नहीं हो पाई। लेकिन उनके सद्गुणों को देखते हुए उनके दोष सर्वथा नगण्य कहे जावेंगे।

उनके इस व्यक्तित्व के निर्माण में तीन महानुभावों का सर्वाधिक प्रभाव पड़ा था। उनके पिता मोतीलालजी का, गांधी जी का और गुरुदेव रवीन्द्रनाथ ठाकुर का। उनके इस महत्त्वशाली और महान व्यक्तित्व को देखते हुए मुझे अनेक बार उनके पिता मोतीलालजी नेहरू की एक बात सदा स्मरण आती रही जो उन्होंने मुझसे स्वयं कही, “जानते हो, गोविन्ददास, मुझे सबसे बड़ा फख्र किस बात का है ?” जब मैंने कहा, “किस बात का पण्डितजी !” तब उन्होंने तत्काल उत्तर दिया, “इस बात का कि मैं जवाहरलाल का बाप हूं।”

जीवन-दर्शन : विश्वशांति

व्यक्तित्व मानव का ही हो सकता है, अन्य किसी जड़-चेतन का नहीं, इस सम्बन्ध में हम पिछले अध्याय में विवेचन कर चुके हैं। परन्तु मानवों में भी ऐसे मानव विरले ही होते हैं जो व्यक्तित्व की दृष्टि से उल्लेखनीय हों। अधिकांश मानवों के जीवन में हमें न कोई विशेष आदर्श दिखता न सिद्धान्त। अन्य थलचरों, जलचरों, नभचरों आदि की जो प्रवृत्ति आहार-निद्रा और मैथुनमय होती है वही सामान्यतया मानवों की भी होती।

फिर मानव-समाज में जो महापुरुष हुए हैं उनमें भी अधिकांश के जीवन से हमें ज्ञात होता है कि उनके जीवन के आदर्श और सिद्धांत भी (अवतारों को छोड़कर, जिन अवतारों के आविर्भाव पर मेरा अखण्ड विश्वास है) शनैः-शनैः या तो अध्ययन से या कुछ विशिष्ट घटनाओं के कारण स्थिर हुए हैं।

जवाहरलालजी के सम्बन्ध में भी यही हुआ।

वे सन् 1889 में अपने जन्म के पश्चात् सन् 1905 तक भारतवर्ष में रहे और अध्ययन योग्य अवस्था होने पर सन् 1905 तक घर पर ही सुयोग्य अध्यापकों द्वारा शिक्षा प्राप्त करते रहे, जिनमें अधिकतर अध्यापक अंग्रेज़ थे। सन् 1905 में वे इंगलैंड गए, जहां वे सन् 1912 तक सात वर्ष रहे। इन सात वर्षों में उन्होंने हैरो के पब्लिक स्कूल, केम्ब्रिज के ट्रिनिटी कालेज और इनरटेंपिल में शिक्षा पाई। इस अध्ययन ने उनके जीवन के आदर्श और सिद्धान्तों को निश्चित करने में कोई विशेष सहायता नहीं पहुंचाई। परन्तु उस समय भारत की जो खबरें उन्हें पढ़ने को मिलती थीं, विशेषकर कांग्रेस की, उन खबरों ने उनके अनजाने ही उनके चित्र को देशभक्ति की ओर मोड़ना आरम्भ किया। जिस समय सन् 1905 में वे अध्ययन के लिए इंग्लैंड गए उस समय बंग-भंग के कारण भारत में विदेशी वस्त्रों के बायकाट और स्वदेशी के प्रचार का आन्दोलन चल रहा था। पर यह आन्दोलन केवल वस्त्रों तक ही सीमित नहीं था। उस समय के नेताओं के जो भाषण आदि

होते वे राष्ट्रीय जागृति से सम्बन्ध रखते। उसी समय बाल, पाल, लाल का उदय हुआ। श्री अरविन्द घोष मैदान में आए और कांग्रेस के अध्यक्षीय पद से सन् 1906 में श्री दादाभाई नौरोजी ने अपने भाषण में 'स्वराज्य' का उल्लेख किया। इन सब बातों का जवाहरलालजी पर असर पड़ा। एक बात और हुई। जब वे सन् 1907 में केम्ब्रिज में पढ़ते थे उस समय पहली बार वे समाजवादी विचारों के सम्पर्क में आए। परन्तु उस समय जिस समाजवाद का इंग्लैंड में प्रचार था उसमें और मार्क्सवादी साम्यवाद में अन्तर था। वह समाजवाद 'फेबियनिज़्म' के नाम से प्रसिद्ध था जिसके प्रवर्तक थे श्री सिडनी बेव और बर्नार्ड शॉ आदि। जवाहरलालजी पर सन् 1907 में समाजवादी विचारधारा का असर अवश्य हुआ, परन्तु उसका विकास यथार्थ में बीस वर्ष के बाद हुआ जब वे 1926 में फिर यूरोप गए।

जवाहरलालजी विलायत में अपना अध्ययन समाप्त कर बैरिस्टर होकर सन् 1912 में भारत लौटे। उस समय जवाहरलालजी कैसे थे उसका वर्णन उन्होंने स्वयं उसके दस वर्ष बाद सन् 1922 में अपनी दूसरी जेलयात्रा के पूर्व किया है। उन्होंने कहा था, "दस साल से कुछ कम हुए जब मैं एक लम्बे वक्त तक इंग्लैण्ड में रहकर हिन्दुस्तान लौटा। हैरो और केम्ब्रिज जिन मान्यताओं को उत्पन्न करते हैं उनमें से ज़्यादातर को मैंने अपना लिया था और अपनी रुचि और अरुचि आदि में हिन्दुस्तानी की बनिस्बत अंग्रेज़ ज़्यादा था। मैं दुनिया को एक अंग्रेज़ की नज़र से देखता था। जितनी दूर तक भी किसी हिन्दुस्तानी का अंग्रेज़ों के हकों में होना मुमकिन है उतनी दूर तक मैं इंग्लैण्ड और अंग्रेज़ों का हिमायती था।"

सन् 1912 में भारत लौटकर जवाहरलालजी अपने पिता मोतीलालजी के साथ बाकीपुर के कांग्रेस अधिवेशन में गए, पर कांग्रेस के उस अधिवेशन को उनके मन पर कोई खास असर नहीं पड़ा। भारत लौटकर वे अपने पिता के साथ वकालत करने लगे। अपने बैरिस्टरी के जीवन के सम्बन्ध में उन्होने लिखा है, "मेरी वकालत की इस ज़िन्दगी में कुछ भी तो ऐसा नहीं था जिसे खिंचाव की चीज़ माना जाता और आगे चलकर वकालत छोड़ने

के बाद मेरी कभी यह तमन्ना नहीं हुई कि फिर से उसे शुरू करूं।" वकालत के सम्बन्ध में वे फिर कहते हैं,"धीरे-धीरे जिस तरह की ज़िन्दगी मैं बिता रहा था, उसमें कोई ताज़गी न रह गई थी और मुझे ऐसा लगता था जैसे मैं एक बेकाम और बेमानी जीवन के रूखे-सूखे जाल में फंसता जाता हूं।"

सन् 1916 में कांग्रेस के लखनऊ अधिवेशन में वे सर्वप्रथम गांधीजी से मिले, पर गांधीजी का भी उनपर कोई विशेष प्रभाव उस वक्त नहीं पड़ा। उन्हें वे पिछड़ा और दकियानूसी विचारोंवाला व्यक्ति मानते थे, यद्यपि दक्षिण अफ्रीका में गांधीजी ने जो कुछ किया था उसका उनपर अनजाने ही असर था।

सन् 1918 में जलियांवाले बाग के हत्याकाण्ड का उनपर महान प्रभाव पड़ा और यहां से सर्वस्व बलिदान कर देश को स्वतंत्र करना उनके जीवन का आदर्श हो गया।

सन् 1919 में श्रीमती एनी बेसेंट के होम रूल लीग में सम्मिलित हुए और सन् 1920 में असहयोग आन्दोलन में। असहयोग आंदोलन के अवसर पर ही वे गांधीजी को कांग्रेस का पहला कर्मशील व्यक्ति देख उनके अनुयायी हो गए, क्योंकि गांधीजी के आविर्भाव के पूर्व कांग्रेस में नेताओं को केवल बातचीत चलती थी। कांग्रेस अधिवेशनों में केवल प्रस्ताव पास होते थे, जिनका आशय रहता था प्रार्थना, दरख्वास्त और प्रार्थना तथा दरख्वास्त के स्वीकृति न होने पर शाब्दिक विरोध। अंग्रेज़ी में इस कार्यशैली का नाम हो गया था, 'प्रेयर, पिटीशन, प्रोटेस्ट।' कांग्रेस में कोई क्रियात्मक कार्यक्रम नहीं था।

सन् 1920 में कांग्रेस के असहयोग का कार्यक्रम स्वीकार करने के पूर्व एक घटना और हुई, जिसने जवाहरलालजी का पहली बार सीधा सम्पर्क किसानों से करा दिया। यह सम्पर्क हुआ तब जब कुछ किसान अपनी कुछ शिकायतें लेकर उनके पास पहुंचे और वे उन किसानों के साथ उनके गांवों को गए। गांव की हालत पर उन्होंने स्वयं लिखा है,

"मैं शर्म और दुःख में डूब गया। शर्म अपनी आसान और आरामवाली ज़िन्दगी पर, अपने शहरों की टुच्ची राजनीति पर, जिसने भारत की इस

अनगिनती, अधनंगी संतति की तरफ से अपनी नज़र फेर रखी है। दुःख भारत के पतन पर, भारत को चूर-चूर कर डालनेवाली गरीबी पर। भारत की जैसे एक नई तस्वीर सामने आ गई हो : नंगा, भूखा, कुचला और एकदम बेहाल भारत।"

इस घटना ने उनके दृष्टिकोण को मोड़ा ही नहीं, बल्कि ऐसे लोगों के प्रति उनकी सहानुभूति जगाई। जवाहरलालजी ने अपने जीवन में बुनियादी परिवर्तन प्रारम्भ किए और वहीं से वे जनसाधारण के आदमी बनने लगे।

आगे चलकर, यहां तक कि भारत के प्रधान मन्त्री होने के पश्चात् भी, उनमें जो छोटे-बड़े सभी तरह के कामों को करने की प्रवृत्ति पाई जाती थी उसका बीजारोपण उसी समय हो गया था। अखिल भारतीय स्तर के नेता होने पर भी सन् 1923 में वे इलाहाबाद म्युनिस्पैलिटी के अध्यक्ष हो गए।

सन् 1926 में वे फिर यूरोप गए और लगभग डेढ़ वर्ष वहां रहकर सन् 1927 में लौटे। यूरोप के भ्रमण में वे चार दिन के लिए रूस भी गए। रूस वे सन् 1927 में सर्वप्रथम गए थे। उस समय के रूस का उनपर महान प्रभाव पड़ा और जिन जवाहरलाल का अब तक साध्य था देश को स्वतन्त्र करना, उन्हीं का अब देश की स्वतन्त्रता साधन होकर साध्य हो गया देश की समाजवादी रचना, क्योंकि देशवासियों के हर प्रकार के उत्कर्ष के लिए उन्हें यही रचना एकमात्र उपाय दिखती थी। पर देश की स्वाधीनता के बिना देश की समाजवादी रचना सम्भव न थी अतः देश की आज़ादी का आदर्श तो तब तक रहा ही जब तक सन् 1947 में देश स्वतन्त्र नहीं हो गया। यह पहले कहा जा चुका है कि सन् 1907 में जब वे केम्ब्रिज में पढ़ते थे उस समय समाजवादी विचारधारा से उनका सर्वप्रथम सम्पर्क हुआ था। पर वह समाजवादी रचना थी फेबियन सिद्धान्तवादी। सन् 1907 में जिस समाजवादी रचना से वे प्रभावित हुए वह भी यद्यपि पूर्ण मार्क्सवादी नहीं थी तथापि मार्क्सवादी पर आश्रित रूस का सोवियत संगठन था। इतने पर भी वे तानाशाही के पक्ष में नहीं थे। रूस की प्रशंसा करते हुए भी वे लिखते हैं, "गलत उपायों को काम में ला जो भी उनसे सहमत नहीं हैं उनकी हर

तरह की बुराई कर साम्यवादी जिग तानाशाही तरीकों से अपना काम करते हैं उससे मैं बेचैन हो उठता हूं।" लगभग पैंतीस वर्ष पहले भी मार्क्सवादी साम्यवाद के विषय में जवाहरलाल के दिमाग में एक तरह का द्वंद्व मौजूद था जो अन्त तक रहा।

यूरोप के इस दौरे में सन् 1927 की फरवरी में वे ब्रूसेल्स में साम्राज्यवादी-विरोधी कांग्रेस में भी सम्मिलित हुए। इसी कांग्रेस के अवसर पर उनसे सर्वप्रथम एशिया और अफ्रीका के उग्र राष्ट्रवादियों का मिलन हुआ। इस कांग्रेस से उनके दृष्टिकोण में सामाजिक सुधार ने भी प्रवेश किया। और यहीं आपसी सहयोग द्वारा एशियाई अफ्रीकी राष्ट्रों के एक विशिष्ट दल की स्थापना का विचार उनके मन में उठा। अन्तर्राष्ट्रीय मंच पर जवाहरलाल का यह पहला प्रवेश था।

यूरोप से लौट अपने इन नवीन विचारों के साथ जवाहरलाल जी ने पुनः भारतीय राजनीति में प्रवेश किया और दिसम्बर 1927 में कांग्रेस के मद्रास के अधिवेशन में उन्होंने प्रस्ताव रखा, "कांग्रेस घोषणा करती है कि हिन्दुस्तान की जनता का लक्ष्य पूर्ण राष्ट्रीय स्वतन्त्रता है।" यह प्रस्ताव स्वीकृत हो गया, परन्तु जिस समय इस प्रस्ताव पर चर्चा हो रही थी उस वक्त गांधीजी अधिवेशन में उपस्थित नहीं थे। जब महात्माजी को इस प्रस्ताव का पता लगा तब उन्होंने कहा, "ऐसे प्रस्तावों को मंजूर कर हम सिर्फ अपनी नपुंसकता का प्रदर्शन करते हैं। जान पड़ता है, हम विद्यालयों के विद्यार्थियों की वाद-विवाद संगठनों की सतह पर उतर आए हैं।' सिद्धान्तों की दृष्टि से नेहरूजी और गांधीजी का यह पहला झगड़ा था। झगड़ा आगे बढ़ा और गांधीजी ने जवाहरलालजी को लिखा, "तुमने जो कुछ किया उन कामों को भी मैं उतना बुरा नहीं समझता जितना उस प्रोत्साहन को जो तुमसे शरारत में हुल्लड़बाज़ों को मिला।" गांधीजी और आगे बढ़े, उन्होंने नेहरूजी को फिर लिखा, "मैं स्पष्ट देखता हूं कि तुम्हें मुझसे और मेरे विचारों से खुला संघर्ष करना होगा। मेरे और तुम्हारे बीच इतनी बड़ी खन्दक आ गई है कि हम दोनों के सीमा मिलन का कोई स्थान ही नहीं दीखता। तुम जैसे बहादुर,

सिद्धान्तवादी, योग्य और ईमानदार साथी को जैसे सदा तुम रहे हो, खोकर, मुझे जो दुःख होगा उसे मैं तुमसे छिपा नहीं पा रहा हूं। तथापि इस प्रकार का संग छूटने का, यदि उसे छूटना ही हो तो, हमारे व्यक्तिगत सम्बन्धों पर कोई प्रभाव नहीं पड़ेगा।"

यह पहले कहा जा चुका है कि जब सन् 1916 में जवाहरलालजी सर्वप्रथम गांधीजी से मिले तब उन्हें गांधीजी पिछड़े और दकियानूसी विचारों के जान पडे और जब नेहरूजी ने गांधीजी की क्रियाशीलता देखी तब वे उनके साथ हुए। जवाहरलालजी और गांधीजी की विचारधारा में सदा ही अन्तर रहा है वरन् यह कहना अधिक उपयुक्त होगा कि साध्य की दृष्टि से दोनों में पूर्ण मतैक्य होते हुए साधनों के विचारों में गंभीर मतभेद रहा है। इतने पर भी गांधीजी के व्यक्तित्व का जवाहरलालजी पर इतना अधिक प्रभाव हो गया था कि इस मत विभिन्नता में भी वे अपने मत को एक ओर रख गांधीजी का सचाई के साथ अनुसरण करते थे। इस सम्बन्ध में जवाहरलालजी ने श्री आर० के० करंजिया की एक मुलाकात में स्वयं कहा है, "समस्याओं के मामले में मेरी राय गांधीजी से भिन्न एकदम भिन्न रहती थी, लेकिन मुख्य बात आज़ादी और उसे हासिल करने में संघर्ष और उसके तरीकों पर साध्य और साधन की नज़र से हम दोनों एक राय थे। लड़ाई के उनके रास्ते के मुताल्लिक शक होता था, लेकिन जो नतीजे वे निकालते उन से तमाम विरोध निरस्त हो जाता। वे जनता को सही दिशा में एक शानदार तरीके से ले जाते। हमने अनुभव किया कि वे एक महान सक्रिय क्रांतिकारी ताकत थे।" गांधीजी ने भी जवाहरलाल की इस सच्चाई पर कभी भी सन्देह नहीं किया। उपर्युक्त प्रकार के पत्र लिखने पर भी सदा उनका समर्थन किया, आगे चलकर उन्हें अपना उत्तराधिकारी घोषित किया और इसपर जब कुछ लोगों ने जवाहरलालजी को उनके विरोधी विचार रखनेवाला बताया तब गांधीजी ने उत्तर दिया, "हम दोनों को पृथक् करने के लिए व्यक्तिगत मतभेद से कहीं अधिक सबल शक्ति की ज़रूरत होगी। जिस समय से हम लोगों ने साथ-साथ काम करना शुरू किया उसी समय से

हमारा मतभेद रहा है और इतने पर भी मैं अनेक वर्षों से कहता आ रहा हूं तथा आज भी कह रहा हूं कि राजाजी, नहीं, जवाहरलाल मेरे उत्तराधिकारी होंगे। वे कहते हैं कि वे मेरी भाषा नहीं समझते और वे जो भाषा बोलते हैं वह मेरे लिए दुर्बोध है। पर मैं इतना जानता हूं कि जब मैं न रहूंगा तब वे मेरी भाषा ही बोलेंगे।" आगे चलकर यह बात सर्वथा सत्य हुई। गांधीजी के बाद शायद जवाहरलालजी से अधिक सचाई से, विनोबाजी और राजेन्द्र बाबू को छोड़, किसीने उनका अनुसरण नहीं किया। जिस समय गांधीजी ने यह घोषणा की थी उस समय शायद जवाहरलालजी को भी उसकी सत्यता का भान न हुआ हो। गांधीजी के बाद जब एक मुलाकात में जवाहरलालजी से कहा गया कि इस समय का सारा युग 'नेहरू-युग' है और नेहरू-नीति चल रही है तब बे तत्काल बोले, "आप नेहरू-युग और नेहरू नीति लफ्ज़ों का गलत प्रयोग कर रहे हैं। यह गांधी-युग है और जिन नीतियों और दर्शन को हम अमली रूप दे रहे हैं वह हमें गांधीजी ने सिखाया है।"

देश की स्वाधीनता के पश्चात् देशवासियों का हर प्रकार का उत्कर्ष नेहरूजी का साध्य हो गया और इसके लिए उन्होंने समाजवादी समाज-रचना को प्रधान साधन माना। परन्तु इस सम्बन्ध में उन्होंने बहुत कुछ कहा है, जिसका निचोड़ इस प्रकार किया जा सकता है। वे पूर्णतया मार्क्स के अनुयायी नहीं हैं। उन्होंने मार्क्स की व्याख्या को सदा वैज्ञानिक माना, परन्तु जो कुछ मार्क्स ने कहा है उस सब से वे सहमत नहीं। मार्क्सवाद इंग्लैंड की औद्योगिक क्रांति के आरम्भ में आया था। अतः मार्क्सवाद में क्रांतिकारी हिंसा का सिद्धांत है। मार्क्स के समय राजनैतिक प्रजातंत्र की स्थापना नहीं हुई थी। इसके सिवा आज जो ट्रेड यूनियन, मज़दूर संगठन, किसान संगठन आदि संस्थाएं हैं और इनका धनाढ्य शासक वर्ग पर प्रभाव पड़ रहा है, उस काल में वे भी नहीं थीं। यह यथार्थ में आर्थिक प्रजा तन्त्र का आरम्भ है। इसलिए मार्क्सवाद को वर्तमान परिस्थिति के आधार पर देखना होगा। इस परिस्थिति में सर्वथा नई समस्याएं उत्पन्न हुई हैं जिनका निराकरण उस समय मार्क्स नहीं सोच सकते थे। वे (नेहरूजी) यथार्थ में किसी इज़्म के

अनुयायी नहीं थे। उनका समाजवाद भी साध्य न होकर वह साधन था, जिससे मनुष्य का जीवन-स्तर ऊंचा हो और हर व्यक्ति को अपने उत्कर्ष का पूरा अवसर मिले।

नेहरूजी देशवासियों के उत्कर्ष के लिए समाजवादी रचना को आवश्यक मानते थे, परन्तु यह उत्कर्ष केवल समाजवादी रचना से संभव न था इसके लिए उन्होंने दो बातों पर और ज़ोर दिया। पहला प्रजातन्त्र और दूसरा नियोजन के द्वारा नव निर्माण।

प्रजातन्त्र के सम्बन्ध में वे कहते हैं, "मैं कहूंगा कि लोकतन्त्र न केवल आर्थिक और राजनैतिक होता है बल्कि मानसिक भी, जैसा कि हर चीज़ अन्ततः मानसिक होती है। लोकतन्त्र में सब लोगों को राजनैतिक और आर्थिक क्षेत्रों में यथासंभव समान मौके मिलते हैं। व्यक्ति को अपना विकास करने और अपनी योग्यताओं तथा व्यक्तित्व का अच्छे से अच्छा उपयोग करने की आज़ादी इसीमें मिलती है। आपसी मतभेदों के दौरान दूसरों के प्रति सहानुभूति का सबक यहीं मिलता है। सत्य की अथक खोज यहीं होती है। इसका मतलब यह हुआ कि लोकतन्त्र क्रियाशील होने की वजह से निरन्तर विकसित होता जाएगा। आखिर यह हमारी राजनीतिक और आर्थिक समस्याओं के प्रति एक तरह का मानसिक दृष्टिकोण है।... आप लोकतंत्र की सैकड़ों व्याख्याएं कर सकते हैं, लेकिन उनमें से एक सामुदायिक आत्मानुशासन भी है। ऊपर से लादा हुआ अनुशासन जितना भी कम होगा लोकतन्त्र भी उतना ही अधिक विकसित होगा।... यही वजह है कि मैं संस्थाओं के वर्तमान परिवर्तनों को बहुत ज़्यादा अहमियत देता हूं। ग्राम पंचायतें, पंचायत समितियां, समिति पंचायतें, ज़िला परिषदें और इसी तरह की दूसरी संस्थाएं, जो कि ग्रामीण संगठन हैं, और जो विकेन्द्रीकरण की प्रतीक हैं, को अधिक से अधिक नये विकास-कार्यों को उठाने की ज़िम्मेदारी दी जा रही है। और उन्हें ऊपर से सिफ सलाह-मशविरा मिलेगा, यह बुनियादी फर्क है। और मेरा ख्याल है कि ऊपर हम कोई भी परिवर्तन करने की सोचें उससे कहीं ज़्यादा महत्त्वपूर्ण ये परिवर्तन हैं।"

नियोजित नव निर्माण के लिए उन्होंने पंचवर्षीय योजनाएं बनाकर कार्य किया। स्वतन्त्रता के पूर्व भी उन्होंने कांग्रेस की ओर से योजना समिति का निर्माण किया था, जिसके वे स्वयं अध्यक्ष थे। अब यह संभव हो सका। इस नव निर्माण में राष्ट्र की समस्त आवश्यकताओं पर ध्यान दिया गया है। सबसे अधिक ध्यान देना पड़ा है आर्थिक पहलू पर, जो इस गरीब देश की सबसे बड़ी समस्या है।

आर्थिक उत्कर्ष के लिए इस देश की कृषि और उद्योग-धन्धे दोनों पर ध्यान दिया गया है।

देश के आर्थिक विकास के लिए भारत की परिस्थिति में वे सरकारी और गैरसरकारी दोनों कार्य करना आवश्यक मानते थे साथ ही यह सरकारी पद्धति से भी। उनकी इस नीति के सम्बन्ध में अमेरिका के राजदूत श्री चेस्टर बाउल्स ने ठीक कहा है। वे कहते हैं, "आर्थिक विकास के लिए वे मुझे व्यावहारिक जान पड़े। एक तरफ वे निजी उद्योग-धन्धों के पक्षपाती हैं और दूसरी ओर सरकारी उद्योग-धन्धों के भी। साथ ही सहकारी पद्धति के भी वे पक्षपाती हैं। अर्थात् जिन पद्धतियों से जहां ठीक काम हो सके।"

भारत में आवश्यकता है उत्पादन बढ़ाने की। अतः जिस ढंग से भी उत्पादन बढ़ सके उस ढंग से उत्पादन बढ़ाने के प्रयत्न की ओर उनका ध्यान आवश्यक था। परन्तु एक बात का उन्होंने सदा ध्यान रखा, वह था यथासाध्य आय का वितरण जिससे आर्थिक समानता रह सके और साधारण स्थिति के व्यक्ति का जीवन-स्तर ऊंचा हो सके। यद्यपि इस दिशा में जितनी सफलता चाहिए उतनी उन्हें नहीं मिल पाई। निजी उद्योग-धंधों पर नियंत्रण अवश्य रखने का प्रयत्न किया गया, पर जिनपर यह नियंत्रण रखने का यत्न हुआ वे नैतिक दृष्टि से इतने निम्न स्तर पर जा चुके थे कि किसी भी नियंत्रण के बावज़ूद अनैतिक उपायों से धन एकत्रित करते रहे और इसीलिए यह चर्चा सी चल पड़ी कि धनवान अधिक धनवान हो रहे हैं और गरीब अधिक गरीब। इसी दृष्टि से उन्होने भूमि का वितरण भी आवश्यक माना और ताल्लुकेदारी, ज़मीदारी अदि को समाप्त किया।

राजा महाराजाओं की समाप्ति तो स्वतंत्रता के तुरन्त बाद सरदार पटेल कर ही चुके थे।

देश का यह नव निर्माण भी वे शान्तिपूर्ण प्रजातंत्रात्मक ढंग से करना चाहते थे। उन्होंने इस संबंध में कहा है, "हमारा उद्देश्य वर्ग विहीन समाज की रचना है। जो हम ऐसे सरकारी प्रयत्न से करना चाहते हैं कि जिसमें हर व्यक्ति को ऊपर उठने का मौका मिले। यह प्रयत्न हम शान्तिपूर्ण और प्रजातन्त्रात्मक ढंग से करना चाहते हैं।"

और देश के नव निर्माण में जवाहरलालजी को एक नई आवश्यकता और महसूस हुई। उन्हें देश का आर्थिक उत्थान ही यथेष्ट न जान पड़ा। अधिभूत के साथ उन्हें आध्यात्मिक उत्कर्ष की भी उतनी ही आवश्यकता जान पड़ी और इसके लिए उन्होंने वेदान्त दर्शन को अपनाया। वे कहते हैं, "सबसे पहले मेरा विश्वास है कि भौतिक तरक्की के सिवा एक तरक्की और अनिवार्य है। इंसान का मन नैतिक और आध्यात्मिक उन्नति के लिए कुछ गहरी चीज़ पाने को भूखा है, जिसके बिना सभी भौतिक तरक्की काम की नहीं। अब सवाल उठता है कि यह नैतिक और अध्यात्मिक मान्यताएं कैसे कायम की जाएं। इसमें शक नहीं कि यह धार्मिक दृष्टिकोण है, जो बदकिस्मती से अंधविश्वासों और रस्मी समारोहों की वजह से एक नीची सतह पर आ गया है। ढांचा और शक्ल-भर रह गई है; उसकी आत्मा खत्म हो गई है।...पुरानी हिन्दू मान्यता है कि दुनिया में कोई दैवी तत्त्व ज़रूर है और हर इंसान उसका कुछ जुज़ रखता है जिसका वह विकास कर सकता है। यह विचार मुझपर जीवन-शक्ति की शब्दावली में असर डालता है। मैं कोई धार्मिक आदमी नहीं हूं लेकिन मैं किसी ऐसी चीज़ में विश्वास रखता हूं, उसे आप धर्म कहिए या कुछ भी, जो इंसान को उसकी साधारण सतह से ऊंचा उठाती है। और उसके व्यक्तित्व को एक नया अध्यात्मिक गुण तथा नैतिक गहराइयों का आयाम देती है। जो चीज़ भी आदमी को उसकी सतह से ऊंचा उठाती है, चाहे वह कोई ईश्वर हो, यहां तक कि पत्थर की मूर्ति, ज़ाहिर है वह अच्छी चीज़ है और उसे हतोत्साह नहीं करना चाहिए। जहां तक मेरे खुद का संबंध है मेरा धर्म है

तमाम धर्मों, उनके आदर्शों और उनके दर्शन के प्रति सहिष्णुता।...मानव की यह भावना कितनी अद्‌भुत है ! अनेक असफलताओं के बावज़ूद मनुष्य ने अपनी सभी प्रिय वस्तुओं जैसे आदर्श, सत्य, निष्ठा, देश और प्रतिष्ठा के लिए अपना जीवन बलिदान किया है। आदर्श बदल सकता है, लेकिन बलिदान की क्षमता कायम है। और इसी वजह से मनुष्य पर से विश्वास खोना असंभव है।...मार्क्सवादी दर्शन का अधिकांश मैं बिना किसी कठिनाई के मंज़ुर कर सकता हूं। मन और पदार्थ-संबंधी अद्वैतवाद, द्वंद्वात्मक तथा कर्म प्रधान भौतिकवाद, उसका कारण और परिणाम, सिद्धान्त, विरोध और सामंजस्य मार्क्सवादी दर्शन की ये ऐसी बातें हैं जिन्हें मंज़ूर करने में मुझे कोई दिक्कत नहीं है।...हमें इस बात की सावधानी ज़रूर रखनी चाहिए कि लोगों की ज़रूरतों और जीवन की रोज़मर्रा की समस्याओं से अलग हम किसी प्रकार के ऊहापोहों में न फंस जाएं। किसी भी सजीव दर्शन से वर्तमान समस्याओं का समाधान होना चाहिए।...आधुनिक मस्तिष्क या यों कहें कि अच्छे किस्म का आधुनिक मस्तिष्क व्यावहारिक, नैतिक, सामाजिक और मानवतावादी होता है।...योजना तथा विकास अब एकदम वैज्ञानिक और गणित के तत्त्वों पर कायम हो गए हैं। मज़बूत बुनियाद दिए जाने पर उनका इच्छित नतीजा निकलेगा ही जिसका अर्थ है ऐसा कल्याणकारी राज्य जिसकी आर्थिक तरक्की अपने-आप होती जाती है। लेकिन क्या यह सचमुच काफी है ? मैं समझता हूं नहीं। जिन राज्यों की अच्छी माली हालत और भौतिक उन्नति हो गई है वे भी अपनी जनता को जीवन की पूर्णता देने में कामयाब नहीं हो सके। वहां एक-दूसरी तरह की ही शून्यता और दुर्व्यवस्था है। उदाहरण के तौर पर अगर आप बेकारी का मसला हल कर देते हैं तो उससे भी बड़े मसले पैदा हो जाते हैं। फुर्सत के वक्त को किस तरह काम में लाया जाए, क्योंकि ज्योंही इंसान को उसकी मंशा के मुताबिक भौतिक आराम मिल जाता है, त्योंही उसकी आन्तरिक भूख जागती है किसी आध्यात्मिक और नैतिक चीज़ पाने के लिए...जब इंसान के सामाजिक और भौतिक मसले हल हो जाते हैं जैसा कुछ अधिक विकसित मुल्कों में हुआ है और उसे

काम से फुर्सत मिलती है तब उसके सामने कुछ नई समस्याएं पैदा हो जाती हैं, जैसे बच्चों के जुर्म, सेक्स-संबंधी दुर्घटनाएं, शराब की लत, अराजकता आदि, जो आत्मिक व्याधि और नैतिक पतन के नतीजे हैं। जब इंसान की भौतिक ज़रूरतों की पूर्ति हो जाती है जैसे काफी दौलत, मकान, रोज़ी और दूसरी ज़रूरतों का खात्मा तब ज़िन्दगी चलाने के काम से उसे छुट्टी मिल जाती है और वह आत्मिक शून्यता से भर जाता है।...इन सभी समस्याओं के हल का समाजवादी समाज रचना में कोई समाधान नहीं है। मेरे पास भी इनका कोई जवाब नहीं है, लेकिन मेरा विश्वास है कि वह धीरे-धीरे आएगा। जिस तरह समस्याएं उठती हैं, उनके जवाब भी आते हैं। शायद सभ्यता की नई बुनियाद विज्ञान और तकनीकी ज्ञान के नये युग में नये आदर्श और व्यापक दर्शन का विकास करेगी। लेकिन मैं समझता हूं कि किसी दूसरी समाज-रचना के बनिस्बत समाजवादी समाज-रचना में ऐसी परिस्थिति में जो सामूहिक जीवन के नये स्वरूपों की ज़रूरत महसूस करती है, निभने की ज़्यादा लचक है। लेकिन असली बात तो यह है कि चाहे किसीको अणुबम से निपटना हो या हमारे सामाजिक ढांचे से अथवा किसी और समस्या से, इन सबमें ज़्यादा से ज़्यादा ज़रूरत नैतिक पहलू की महसूस होती है। आप जानते हैं कि यदि हमारे पास अणुबम या अन्तरिक्ष राकेट या अणुशक्ति की कोई और चीज़ हो तो भी मुख्य समस्या उनका इस्तेमाल करना ही है। ये सभी नई खोज़े आपको सामान्य आर्थिक घेरे से बाहर खींच लेती हैं। इनके बारे में आप मार्क्सवादी अर्थ-व्यवस्था या इसी प्रकार की किसी दूसरे ढर्रेवाली व्यवस्था के आधार पर बहस नहीं कर सकते। ज़रूरत एक ऐसे नये और आधुनिक नज़रिये की है जिसे नैतिक अथवा आध्यात्मिक कहा जाता है।"

और इस संबंध में एक जगह उन्होंने कहा है, "हमें जीवन के प्राचीन वेदान्त आदर्श को अपने सामने रखना है जो अन्तरंग की ऐसी बुनियाद है जिसके भीतर सारी सृष्टि आ जाती है।"

ऐसे नेहरू उस पाखंडी धर्म कहलानेवाली ऐसी समस्त बातों के विरुद्ध थे जिनसे रूढ़िवाद, अंधविश्वास और साम्प्रदायिक कलह की उत्पत्ति होती

है। गांधीजी के सर्वधर्म-समन्वय के सिद्धान्त पर उन्होंने इस देश में धर्म-निरपेक्ष राज्य (सेक्युलर स्टेट) की स्थापना की जो भारतीय संस्कृति की परम्परा के सर्वथा अनुकूल है, क्योंकि जहां भारत में एक ओर ईश्वरवादी वेदान्त धर्म फैला है वहां दूसरी ओर चार्वाक के निरीश्वरवाद के विरुद्ध भी कोई रोक-टोक नहीं लगाई गई। जैन और बौद्ध धर्म वेदान्त के अनुयायी नहीं। पर उन्हें भी पनपने की पूरी-पूरी आज़ादी रही।

अपनी शिक्षा, अध्ययन और भ्रमण के कारण जवाहरलालजी की दृष्टि आरम्भ से ही व्यापक रही। वह केवल भारत के भीतर ही न रहकर विश्वव्यापी हो गई थी। भारतीय समस्याओं को भी वे सदा संसार के संदर्भ में रखकर देखते और समाधान करने का प्रयत्न करते थे। सर्वप्रथम 1927 में वे ब्रुसेल्स की साम्राज्यवादी-विरोधी कांग्रेस के अवसर पर अन्तर्राष्ट्रीय मंच पर आए थे, जिसका उल्लेख हम पहले कर चुके हैं। इस विश्वव्यापी दृष्टि ने उनकी वैदेशिक नीति की रचना की। स्वतंत्रता के पूर्व भी कांग्रेस में उसके अनेक प्रस्तावों और घोषणाओं में यह नीति देखने को मिलती है। स्वतंत्रता के बाद भारत के शेष विश्व से अपने संबंधों में यह स्पष्ट रूप से परिलक्षित हुई। उनकी वैदेशिक नीति के निम्नलिखित प्रधान मुद्दे हैं,

(1) किमी गुट में सम्मिलित न होना।

(2) सारे उपायों से शान्ति की स्थापना और इसके लिए युद्ध बंदी तथा आपसी झगड़ों का विचार-विनिमय द्वारा निराकरण।

(3) भारत की प्रतिष्ठा और उसके हितों की अक्षुण्णता, जिस पर बहुत दूर तक विश्व की शान्ति निर्भर है।

पंचशील के पांच सिद्धान्तों की उत्पत्ति इन्हीं मुद्दों से हुई। ये सिद्धान्त 29 अप्रैल, 1954 को निर्धारित हुए। ये हैं,

(1) एक-दूसरे देश की सार्वभौमिकता और प्रादेशिक अखण्डता का सम्मान।

(2) अनाक्रमण।

(3) आन्तरिक मामलों में हस्तक्षेप न करना।

(4) समानता और पारस्परिक लाभ।

(5) शान्तिपूर्ण सहअस्तित्व।

अपनी वैदेशिक नीति के सम्बन्ध में जवाहरलालजी ने स्वयं कहा है, “सबसे पहले यह बात मान लेनी चाहिए कि हाल ही में अणुअस्त्रों की खोज और वैज्ञानिक तथा तकनीकी तरक्की की वजह से अन्तर्राष्ट्रीय मसलों को हल करने के लिए युद्ध करीब-करीब बेकार हो गया है, क्योंकि आज की लड़ाई का मतलब सारी मानव-जाति की बरबादी है, जिसमें किसी भी राष्ट्र या राष्ट्रों के गुट को जीतने या फायदा उठाने की कोई गुंजाइश नहीं है। युद्ध की सम्भावना खतम होने के बाद शीतयुद्ध वगैरह की बातें इंसान के दिलों और दिमाग से निकल जानी चाहिए। इसके बाद हम लड़ाई की धमकियों और इसी तरह की दूसरी हरकतों को खत्म करने की कोशिश कर सकते हैं। हालांकि दूसरों से हमारा मतभेद हो सकता है फिर भी राजनैतिक नारेबाज़ी, सैद्धान्तिक उठा-पटक और गुस्से-भरी आलोचनाओं में पागल बन जाने का कोई मतलब नहीं है। जिन विचारों को हम पसंद नहीं करते हैं उन्हें भी, यदि वे हमारे रास्ते में आड़े न आएं तो, हमें मंजूर कर लेना चाहिए। हमें यह महसूस होना चाहिए कि दुनिया के एक तरफ के लोगों द्वारा दूसरी तरफ के लोगों को काला और खराब कहना कितना बेहूदापन है। यह चीज़ तो मज़हबी लड़ाइयों के पुराने ज़माने में हुआ करती थी। तब इस तरह की लड़ाइयों के बाद सहनशीलता और सहअस्तित्व की नई भावना पैदा हुई। आज की हालत में कोई वजह नहीं है कि अलग-अलग सैद्धांतिक, आर्थिक और सामाजिक विचारधाराएं एक-दूसरे के साथ न पनप सकें। मेरा विचार है कि आज की तकनीकी क्रांति के ज़माने में इस तरह की सैद्धांतिक उठा-पटक बिलकुल बेमतलब हो गई है। हां, जो लोग शीतयुद्ध की फिज़ूल बातों में फंसे हुए हैं, उन्हीं को यह हकीकत नज़र नहीं आती। इसलिए नज़रिया बदलना बहुत ज़रूरी है।...यह तब्दीली बराबर हो रही है, अमरीका और रूस को देखिए। मैंने हमेशा यह माना है कि इन दो बड़े मुल्कों में इतनी ज़्यादा समानता है कि शीतयुद्ध की बात बिलकुल बनावटी लगती है। एक

दफा वे दोनों बात शुरू कर दें, जैसा कि उन्होंने किया भी है, और बीच-बीच में पैदा होनेवाली रुकावटों और परेशानियों की परवाह न करें, तो पिछले दस वर्षों से आपस में जो शक-शुबहा है वह दूर हो जाएगा और जिसे आपसी सहमति का क्षेत्र कहते हैं उसकी झलक मिलेगी। उस हालत में वे इस नतीजे पर पहुंचेंगे कि असहमति का दायरा सचमुच कितना गैर-वाजिब था और शीतयुद्ध के वाहियातपन से हमें बचे रहना चाहिए। जब वे इन बुनियादी बातों को महसूस करेंगे तब उनके दिल और दिमाग में भय और शक-शुबहा का नामोनिशान भी नहीं रहेगा और उनकी जगह आपसी विश्वास, समझदारी और सहानुभूति पैदा होगी। शिखर-वार्ता भंग होने का मुख्य कारण यही है कि यह चीज़ अभी पैदा नहीं हुई है। एक बार ऐसा हो जाए तो अणुअस्त्रों पर प्रतिबन्ध और निरस्त्रीकरण वगैरह अपने-आप हो जाएगा। वार्ताओं को शुरू की असफलताओं के बावजूद छोड़ा जाना नहीं चाहिए।"

भारतवर्ष की भौगोलिक, ऐतिहासिक और सांस्कृतिक स्थिति पर और साथ ही संसार की इस समय जो स्थिति है उसपर यदि हम थोड़ा भी ध्यान दें तो जवाहरलालजी ने जिस वैदेशिक नीति को भारत के स्वतन्त्र होते ही निर्धारित किया वह सिद्धांत, व्यवहार, विचार और तर्क सभी दृष्टियों से खरी उतरती है।

पहले इस नीति के कारण भारत को कभी अमरीका का कोप-भाजन बनना पड़ता था और कभी रूस का। न्याय की दृष्टि से जब कभी जवाहरलाल रूस की किसी बात का समर्थन करते थे तब अमरीका कुपित होता था और जब वे अमरीका की किसी बात का समर्थन करते थे तब रूस। अमरीका का यह कोप आश्चर्यजनक अवश्य था, क्योंकि प्रथम विश्वव्यापी यूरोप-संग्राम तक अनेक दशाब्दियों से अमरीका ने स्वयं इसी नीति का अनुसरण किया था। पर धीरे-धीरे अमरीका और रूस दोनों की समझ में यह नीति आने लगी। भारत में भी कांग्रेस के विरोधी दलों द्वारा इस नीति की कम आलोचना नहीं हुई है। चीन के आक्रमण के समय तो यह आलोचना बहुत तीव्र हो गई थी और विरोध दल के अनेक नेता ही नहीं,

बल्कि कांग्रेस दल के भी अनेक विशिष्ट व्यक्ति ढंके-मुंदे रूप से इस नीति की आलोचना करने लगे थे। कुछ लोग तो स्पष्ट ही कहते थे कि इस नीति के कारण हम किसीको भी अपना मित्र न बना सके और हमारे लिए अब अमरीकी गुट में सम्मिलित होने के सिवा अन्य कोई मार्ग नहीं है। चीनी आक्रमण के उस महान संकटकाल में जवाहरलालजी की जगह यदि कोई दूसरा छोटा व्यक्ति देश का प्रधानमंत्री होता तो वह अपने सिद्धांतों पर अडिग न रह सकता जिस प्रकार जवाहरलाल रहे। ऐसे अवसरों पर अपने दल और जनता का समर्थन सबसे प्रधान बात होती है। नेहरूजी का इतना बड़ा व्यक्तित्व था कि चीन द्वारा पराजित होने पर भी कांग्रेस दल में कोई प्रत्यक्ष फूट न होने पाई और जनता ने उस हालत में भी, जब हमारी सेना हर कदम पर पीछे हट रही थी, नेहरूजी का समर्थन किया। संसद में भी इस सम्बन्ध में जवाहरलालजी जैसा प्रस्ताव चाहते थे वैसा ही स्वीकृत हुआ।

कुछ सिद्धांत ऐसे होते हैं जिनका तुरन्त लाभजनक परिणाम नहीं निकलता, परन्तु घटनाएं बीत जाने पर जब हम उन सिद्धांतों पर विचार करते हैं तब हमें जान पड़ता है कि वे सिद्धांत सही थे। संसार के सारे राष्ट्र आज दो गुटों में बंटे हुए हैं। संसार के प्रधान देशों में भारतमात्र ऐसा देश है जो किसी गुट में सम्मिलित नहीं। संसार भावी युद्ध की विभीषिका से कांप रहा है। यह युद्ध भारत की वैदेशिक नीति के कारण ही टल रहा है यह तो नहीं कहा जा सकता, परन्तु युद्ध के टालने में भारत का भी छोटा-मोटा हाथ है, इससे इनकार नहीं किया जा सकता। सुरक्षा की दृष्टि से भी यदि भारत चीन के आक्रमण के समय घबराकर अमरीकी गुट में शामिल हो जाता तो रूस उस समय क्या करता इसपर ध्यान से विचार करने की आवश्यकता है। सम्भव है, भारत भूमि ही तीसरे संसारव्यापी युद्ध की भूमि बन जाती। रूस और चीन के मतभेद चीन द्वारा भारत पर आक्रमण करने से हुए हैं यह तो नहीं कहा जा सकता, परन्तु इस आक्रमण के बाद वे मतभेद बढ़े हैं इसमें भी सन्देह नहीं हो सकता।

एक बात और कही जाती है कि निर्धनता और सैनिक शक्ति की

कमज़ोरी जवाहरलालजी की इस वैदेशिक नीति का कारण है। यह कथन कोई नया कथन नहीं है। गांधीजी ने जब अंग्रेज़ सरकार के विरुद्ध अहिंसात्मक असहयोग और सत्याग्रह के आन्दोलन चलाए तब भी यही बात कही जाती थी। स्वतन्त्र भारत में सैनिक शक्ति बढ़ाने में हमें काफी समय चाहिए। अतः आज की स्थिति में हमारी वैदेशिक नीति ही भारत और संसार के लिए ठीक नीति है और इस नीति पर हम केवल अपनी कमज़ोरी के कारण चल रहे हैं यह कहना असंगत है। संसार की आज की स्थिति में किसी देश का किसी देश पर आधिपत्य हो जाएगा यह बात नहीं है। प्रश्न है विचार-क्रान्ति का। अमरीका चाहता है कि संसार उसके विचारों का अनुसरण करे और रूस चाहता है उसके विचारों का। भारतवर्ष को उसके इतिहास और संस्कृति द्वारा कुछ विशिष्ट विचार मिले हैं। जिनका आधुनिक काल में गांधीजी ने विकास किया है और जिनका अनुसरण किया है जवाहरलालजी ने। हमारी गृहनीतियों के समान हमारी वैदेशिक नीति भी उन्हीं विचारों का प्रतिफल है।

मैं स्वयं प्राय: प्रतिवर्ष वैदेशिक मंत्रालय के अनुदानों पर लोकसभा में जवाहरलालजी की वैदेशिक नीति का सदा समर्थन करता रहा हूं। यह कहने का तो मैं साहस नहीं कर सकता कि यह नीति हर प्रकार से सफल हुई है। आज की स्थिति को देखते हुए यदि कोई इसे असफल कहता है तो उसके पक्ष में भी काफी तर्क मिल सकते हैं। इसमें सन्देह नहीं कि संसार का कोई भी प्रधान देश आज पूर्णतया भारत के साथ नहीं है। शीतयुद्ध समाप्त नहीं हो पाया है, हमारे पड़ौसी देश चीन और पाकिस्तान से हमारे सम्बन्ध बुरे ही हैं। परन्तु हमें केवल वर्तमान को न देख भविष्य की दृष्टि रखना है और भविष्य की दृष्टि से भारत तथा संसार के लिए यही नीति ठीक नीति है इसमें सन्देह नहीं होना चाहिए।

जवाहरलालजी के जीवन-दर्शन का यह अध्याय एक बात का और उल्लेख किए बिना समाप्त नहीं किया जा सकता। वह है उनका भाषा के सम्बन्ध में दृष्टिकोण। जवाहरलालजी को अंग्रेज़ी का समर्थक और हिन्दी का

विरोधी बताया जाता है। यह बात पूर्णतया सही नहीं है। वे अंग्रेज़ी के समर्थक तो कदापि नहीं माने जा सकते। इसका सबसे बड़ा प्रमाण यह है कि संविधान सभा में जहां भारत की चौदह भाषाओं की सूची दी गई है वहां श्री एन्थनी एक पन्द्रहवीं भाषा अंग्रेज़ी को और जुड़वाना चाहते थे। नेहरूजी ने इसका घोर विरोध किया। हिन्दी के भी वे विरोधी नहीं माने जा सकते, पर इतना कहे बिना नहीं रहा जा सकता कि गत पन्द्रह वर्षों में जब से हमारा संविधान लागू हुआ तब से हिन्दी को राजभाषा के रूप में चलाने का जो प्रयत्न उनकी सरकार कर सकती थी वह उससे नहीं बन पड़ा। इस सम्बन्ध में जिस लगन की आवश्यकता थी वह जवाहरलालजी में शायद नहीं थी। इसका कारण कदाचित् यह था कि जिस ढंग से वे निर्मित हुए उसके कारण उनमें यह लगन हो नहीं सकती थी। जैसी लगन उन्हें अन्य बातों में थी वैसी यदि हिन्दी के प्रति होती तो आज हिन्दी की यह अवस्था न रहती जो अवस्था है। जवाहरलालजी की एक और धारणा रही कि अहिन्दी भाषा-भाषी हिन्दी के विरोधी हैं और हिन्दी को बढ़ाने का अर्थ भारत की एकता को खतरे में डालना हो सकता है। परन्तु यथार्थ में बात ऐसी नहीं है। दक्षिण में चार राज्य हैं—मद्रास, आन्ध्र, मैसूर और केरल। मद्रास को छोड़कर और किसी राज्य में हिन्दी का कोई विरोधी नहीं है। मद्रास में भी हिन्दी का विरोध केवल कुछ ऐसे लोग करते हैं जिनका स्वार्थ अंग्रेज़ी में निहित है। पूर्व में तीन राज्य हैं, बंगाल, आसाम, और उड़ीसा। आसाम और उड़ीसा में हिन्दी का कोई विरोध नहीं। बंगाल में भी कुछ स्वार्थी शोर मचाते हैं। पश्चिम के महाराष्ट्र और गुजरात हिन्दी के पक्षपाती हैं। मानव के जीवन में भाषा को सर्वोपरि स्थान है, इसलिए इस सम्बन्ध में उपर्युक्त कथन के समावेश को मैं इस अध्याय में रोक नहीं सका।

जन्म, बाल्यकाल, शिक्षा

श्री जवाहरलाल नेहरू का जन्म सन् 1889 की 14 नवम्बर को हुआ। जिस कुल में इन्होंने जन्म लिया वह काश्मीरी ब्राह्मणों का कुल था।

काश्मीर भारत का ही नहीं समस्त संसार का एक सुन्दरतम अद्वितीय स्थान है। प्राकृतिक और सांस्कृतिक दोनों ही दृष्टियों से काश्मीर भारत का एक विलक्षण प्रदेश है। प्रकृति ने जैसी अनुकम्पा काश्मीर की धरा पर की है वैसी भारत में ही नहीं, दुनिया के किसी देश और स्थल पर नहीं। स्विट्ज़रलैंड संसार के सुन्दरतम स्थानों में गिना जाता है, लेकिन काश्मीर उससे भी कहीं आगे है। हिमालय विश्व का सबसे ऊंचा और सबसे महान पर्वत है। इस पर्वत का सबसे सुन्दर स्थल काश्मीर प्राकृतिक और सांस्कृतिक दोनों की दृष्टि से भारत का एक अविच्छिन्न अंग रहा है। हिमालय की हिमवेष्टित श्रेणियों से घिरे हुए स्थल को पार्वत्य शोभा तो प्राप्त हुई ही है, परन्तु इसी सुषमा के साथ झेलम सरिता ने इस भूमि के मध्य से बह इसे नद-नदियों के किनारों की सुन्दरता भी प्रदान कर दी है। फिर झीलों का निर्मल नीर और दर्पण के सदृश इन झीलों की सतह पर हिम से आच्छादित शुभ्र तथा नाना प्रकार की वनस्पति से परिवेष्टित और मचलते-खिलखिलाते हुए निर्झरों से युक्त शिखरावली की परछाईं इन झीलों को सदा अनुपम सौंदर्य प्रदान करती रहती हैं। यहां के जलवायु ने इस उद्भिज-सृष्टि में कितने रंगों और रूपों के कुसुमों को विकसित किया है। चलती हुई वायु में ये कुसुम-गुच्छ झूमते हुए नृत्य-सा करते और अपनी सुरभि को बिखेरते रहते हैं। समय पाकर ये कुसुम नाना प्रकार के स्वादिष्ट फल भी प्रदान करते हैं। फूलों और फलों से भरी हुई ऐसी उपत्यका दुनिया में कहीं नहीं है। 'पदे पदे यन्नवतामुपैति तदेव रूपं रमणीयतायाः' संस्कृत की एक प्रसिद्ध उक्ति के अनुरूप ऋतु-परिवर्तन यहां के वनस्पति जगत् को नई-नई शोभा प्रदान करता है।

जैसे किसी निर्मल जल-भरे सरोवर में जल और थल के योग से पुष्पित कमल शोभायमान होता है वैसे ही काश्मीर की धरती सरिता और सरोवरों तथा उत्तम जलवायु के योग से सदा उर्वरा बनी रहकर अपना सौरभ बिखेरती रहती है। यह विविध योग ही काश्मीर-शोभा का रहस्य है। न केवल प्राकृतिक दृश्य और बाग-बगीचे अपने इस नसर्गिक सौभाग्य पर

इठलाते हैं वरन यहां के नर-नारी भी प्रकृति की इस उदात्त अनुकम्पा में सदा रस-भोर रहते हैं। सुकुमार कुसुमों की तरह कमनीय कुमारियां और रवितमवर्ण सेव की तरह तारुण्य लिए तरुण काश्मीर की उर्वरा मिट्टी और जलवायु के प्रतीक बने हुए हैं।

महाकवि कल्हण ने अपने प्रसिद्ध ग्रन्थ 'राजतरंगिणी' में काश्मीर का वर्णन करते हुए लिखा है, "यह देश आत्मबल से जीता जा सकता है सैन्यबल से नहीं, अतः यहां के निवासी केवल परलोक-भीरु हैं। यहां की नदियां जल-जन्तुओं के संकट से मुक्त हैं। विद्या, ऊंचे प्रासाद, केसर, शीतल जल और द्राक्षा स्वर्ग में भी दुर्लभ ये वस्तुएं यहां सुलभ हैं।... शताब्दियों से यह प्रदेश भारत के लिए एक तीर्थस्थान माना जाता रहा।"

मुगल बादशाहों में जहांगीर को काश्मीर से बड़ा प्रेम था, वे प्रायः काश्मीर जाया करते थे। जहांगीर ने अपनी आत्मकथा तुजुक-इ जहांगीरी में काश्मीर की भूमि, झीलों, पर्वत-श्रेणियों, निर्झरों और फूलों-फलों का सुन्दर वर्णन किया है। उन्होंने अपने दरबारी चित्रकारों को जिनमें प्रसिद्ध चित्रकार उस्ताद मन्सूर प्रमुख थे इस प्रदेश के पुष्पों और पक्षियों की चित्रकारी का आदेश दिया। इन चित्रों में से अब भी कुछ चित्र प्राप्त हैं।

प्राचीन काल में सांस्कृतिक दृष्टि से भी काश्मीर का भारतवर्ष में बड़ा प्रधान स्थान था। संस्कृत भाषा का काश्मीर केन्द्र था। दूर-दूर से संस्कृत भाषा की शिक्षा प्राप्त करने के लिए काश्मीर में विथार्थी आते थे। उस काल का भारतीय इतिहास इन प्रसंगों से भरा पड़ा है।

जैसा ऊपर कहा गया है इस प्राकृतिक और सांस्कृतिक सौन्दर्ययुक्त स्थल के मानव भी बड़े सुन्दर होते हैं। इन मानवों में काश्मीर के ब्राह्मणों का सर्वोच्च स्थान है। अब इनकी संख्या अत्यल्प हो गई है और इनमें अनेक कुटुम्ब काश्मीर से आकर भारतबर्ष के विभिन्न स्थानों में फैल गए हैं।

जवाहरलालजी नेहरू का कुटम्ब इसी काश्मीर में रहता था।

मोतीलालजी के पूर्वज राजकौल नाम से प्रसिद्ध थे। काश्मीर के संस्कृत और फारसी के विद्वानों में इनका बड़ा आदर था। अठारहवीं शताब्दी में औरंगज़ेब के बाद जब फर्रुखसियर बादशाह हुआ, जवाहरलालजी के ये पूर्वज राजकौल सन् 1716 के आसपास काश्मीर से दिल्ली आए, मुगलों द्वारा इन्हें एक मकान और कुछ जागीर दी गई। अभी तक यह परिवार राजकौल के नाम से ही प्रसिद्ध था। किन्तु दिल्ली आने पर जो मकान उन्हें मिला, उसके नहर के किनारे होने के कारण ये नेहरू नाम से पुकारे जाने लगे। कौल जो कौटुम्बिक नाम था उसके साथ नेहरू जुड़ गया और इस तरह 'कौल नेहरू' हो गया। कालांतर में कौल गायब हो गया और केवल नेहरू रह गया।

मोतीलालजी के पितामह लक्ष्मीनारायण नेहरू दिल्ली के बादशाह के दरबार में सरकार के वकील नियुक्त हुए और इनके पुत्र गंगाधर सन् 1857 के स्वातन्त्र्य युद्ध के कुछ ही पूर्व दिल्ली के कोतवाल रह चुके थे। श्री गंगाधरजी सन् 1861 में 34 वर्ष की अल्पायु में ही स्वर्ग सिधारे। विप्लव, भूकम्प, बाढ़, अकाल, महामारी और राज्य-क्रांतियां जब होती हैं तो उनका प्रभाव सीमित नहीं होता न ही उनके अच्छे और बुरे परिणामों की सीमा रहती है। छोटे और बड़े, गरीब और अमीर, अपराधी और निरपराधी सभी इस कालचक्र में आ जाते हैं। सन् 1857 के स्वातंत्र्य-युद्ध से, जिसे उस समय गदर की संज्ञा दी गई थी, नेहरू-परिवार भी प्रभावित हुए बिना नहीं रहा। परिवार के अजीविका के जो साधन थे और उनके कागज़पत्र, दस्तावेज आदि इस राज्य-क्रांति में तमाम अस्त-व्यस्त हो खो गए, परिणामतः इनके कुटुम्ब को भी दिल्ली छोड़ने को बाध्य होना पड़ा, जैसा ऐसे अवसरों पर अक्सर हुआ करता है। अन्य लोग दिल्ली से भागे, उन्हींके साथ पण्डित जवाहरलालजी का परिवार भी आगरे आ पहुंचा।

आगरे में मोतीलालजी का जन्म हुआ। वे अपने पिता की मृत्यु के तीन महीने बाद पैदा हुए थे। मोतीलालजी की शिक्षा आगरे, कानपुर और इलाहाबाद में हुई। और उन्होंने अपनी वकालत पहले कानपुर में शुरू की।

तदुपरांत वे इलाहाबाद आ गए। जवाहरलालजी का जन्म इलाहाबाद में हुआ।

इंग्लैंड के प्रसिद्ध साहित्यकार श्री एच० जी० वेल्स ने एक स्थान पर लिखा है, "मैं पैदा हुआ यही तो सबसे महान घटना है।" इस सृष्टि में न जाने कितने सूर्य, नक्षत्र और ग्रह हैं। इनमें से सूर्य पर तो वनस्पति और जीव-सृष्टि की रचना उसके ताप के कारण संभव नहीं यद्यपि हाल ही में एक पौधे का पता लगा है, जो सैकड़ों डिग्री ताप में भी जीवित रहता और विकास करता है। शेष चन्द्रमाओं, नक्षत्रों और ग्रहों में से किसी में वनस्पति और जीवधारियों की सृष्टि है या नहीं, इसका अब तक पता नहीं लग पाया है। रूस और अमरीका ने अब जो राकेट अंतरिक्ष में भेजने प्रारम्भ किए हैं इससे शायद भविष्य में इसका पता लगे। परन्तु कम से कम मैं यह नहीं मानता कि हमारी इस छोटी-सी पृथ्वी पर ही उद्भिज और जीव-सृष्टि की रचना हुई है। जो कुछ हो, हमारी पृथ्वी पर भी नित्य न जाने कितने जीव जन्मते और मरते हैं। इस दृष्टि से अन्य जीवों की तुलना में मनुष्य के सर्वश्रेष्ठ प्राणी होने पर भी किसी व्यक्ति का क्या महत्त्व है ? यों कोई भी मनुष्य एक सूखी पत्ती, एक पानी के बुदबुदे और एक रजकण के भी तुल्य नहीं है, हां, काम का अवश्य महत्त्व है। और इस दृष्टि से इस क्षणभंगुर शरीरवाले उस व्यक्ति का महत्त्व हो ही जाता है जो अपने जीवन में करने योग्य कार्य कर पाता है। श्री वेल्स महोदय का यह कथन हर व्यक्ति पर चाहे लागू न हो, पर जवाहरलालजी के सदृश व्यक्तियों पर अवश्य लागू होता है, यदि उस कथन में थोड़ा-सा परिवर्तन—'मैं' के स्थान पर 'वह' कर दिया जाए।

जवाहरलालजी का जन्म हुआ उस समय उनके पिता मोतीलालजी इलाहाबाद में वकालत करते थे और वहां के प्रसिद्ध वकीलों में एक माने जाते थे। जवाहरलालजी के जन्म के समय इलाहाबाद के मुख्य बाज़ार के चौक के निकट मीरगंज की एक गली में मोतीलालजी रहते थे। मोतीलालजी सुन्दर व्यक्ति थे। गौरवर्ण के शरीर में ऊंचे, पूरे, तगड़े। पर जवाहरलालजी

की माता श्रीमती स्वरूपरानी ठिगनी और छोटी-सी गुड़िया के समान थीं, यद्यपि वर्ण उनका भी गौर था और सुन्दरता में कमी नहीं थी।

जवाहरलालजी की दस वर्ष की अवस्था में इलाहाबाद विश्वविद्यालय के निकट चर्च रोड पर मोतीलालजी ने एक विशाल मकान खरीदा, जिसका नाम उन्होंने 'आनन्द भवन' रखा। जवाहरलालजी दस वर्ष की अवस्था तक तो मीरगंज की गलीवाले मकान में रहे और उसके बाद आनंद भवन में। यह आनंद भवन मोतीलालजी की बढ़ती हुई वकालत और सम्पन्नता का द्योतक था। आनन्द-भवन की रहन-सहन, शान-शौकत उस समय केवल इलाहाबाद में ही अद्वितीय नहीं थी बल्कि दूर-दूर तक वैसा रहन-सहन और शान-शौकत कहीं भी दृष्टिगोचर नहीं होती थी। परन्तु यह रहन-सहन भारत के पुराने राजा-नवाबों के सदृश न होकर एकदम पश्चिमी ढंग की थी। जवाहरलालजी का दस वर्ष की अवस्था से लेकर सोलह वर्ष की अवस्था में विलायत जाने तक का बाल्यकाल इसी आनन्द-भवन में व्यतीत हुआ। जवाहरलालजी अपनी बाल्यावस्था में माता-पिता की इकलौती संतान थे, क्योंकि उनकी बहन विजयालक्ष्मी उनसे ग्यारह वर्ष छोटी थीं। अतः उनका बाल्यकाल एकाकी रूप में व्यतीत हुआ। यह एकाकीपन इसलिए और बढ़ गया कि मोतीलालजी ने उन्हें शिक्षा के लिए किसी विद्यालय में नहीं भेजा। उनके विलायत जाने तक उनकी शिक्षा घर पर ही हुई और इसके लिए जो शिक्षक रखे गए उनमें अंग्रेज प्रमुख थे।

जवाहरलालजी के बाल्यकाल में उनपर अपने माता-पिता के सिवा दो व्यक्तियों का सबसे अधिक असर पड़ा, उनमें एक थे मुंशी मुबारकअली और दूसरे थे उनके अंग्रेज़ शिक्षक फर्डिनेण्ड टी० ब्रुक्स। अपने पिता, अपनी माता, मुंशी मुबारकअली और श्री ब्रुक्स के सम्बन्ध में जवाहरलाल ने जो कुछ लिखा है उसमें से कुछ अंश यहां उद्धृत करना अनुपयुक्त न होगा। "उनमें (मोतीलालजी) व्यक्तित्व का बल था और बादशाहियत की मात्रा थी। जिस किसी समाज में वे जा बैठते उसके केन्द्र वही बन जाते। वे न तो नम्र ही थे और न मुलायम ही और गांधीजी के उलटे वे उन लोगों

की खबर लिए बिना नहीं रहते थे जिनकी राय उनके खिलाफ होती थी। उन्हें इस बात का भान रहता था कि उनका मिजाज़ शाही है। उनके प्रति या तो आकर्षण होता था या तिरस्कार। उनसे कोई शख्स उदासीन या तटस्थ नहीं रह सकता था। हरएक को या तो उन्हें पसन्द करना पड़ता या नापसन्द। चौड़ा ललाट, चुस्त ओठ और सुनिश्चित ठोड़ी।...खास तौर पर उनकी ज़िन्दगी के पिछले सालों में जब कि उनका सिर सफेद बालों से भर गया था, उनमें एक खास किस्म की शालीनता और भव्यता आ गई थी, जो इस दुनिया में आजकल बहुत कम दिखाई देती है। मेरे सिर पर तो बाल नहीं रहे, पर उनके सिर के बाल आखीर तक बने रहे। मैं समझता हूं कि शायद मैं उनके साथ पक्षपात कर रहा हूं, लेकिन इस संकीर्णता और कमज़ोरी से भरी हुई दुनिया में उनकी शरीफाना हस्ती की रह-रहकर याद आती है। मैं अपने चारों तरफ उनकी-सी अजीब ताकत और उनकी-सी शान-शौकत को खोजता हूं, लेकिन बेकार।

"पिताजी की बनिस्बत मैं मां को ज़्यादा पहचान सका था। और वे मुझे पिताजी से ज़्यादा नज़दीक मालूम होती थीं। मैं जितने भरोसे के साथ माताजी से अपनी बात कह सकता था उतने भरोसे के साथ पिताजी से कहने का स्वप्न में भी खयाल नहीं कर सकता था। वे सुडौल, कद में छोटी और नाटी थीं और मैं जल्दी ही करीब-करीब उनके बराबर ऊंचा हो गया था। और अपने को उन के बराबर समझने लगा था। वे बहुत सुन्दर थीं। उनका सुन्दर चेहरा और छोटे-छोटे खूबसूरत हाथ-पांव मुझे बहुत भाते थे।

"एक और शख्स थे जिनपर लड़कपन में भरोसा करता था। वे थे पिताजी के मुंशी मुबारकअली। वे बदायूं के रहनेवाले थे और उनके घर के लोग खुशहाल थे। मगर 1857 के गदर ने उनके कुनबे को बरबाद कर दिया था और अंग्रेज़ी फौज ने उसको एक हद तक जड़-मूल से उखाड़ फेंका था। इस मुसीबत ने उन्हें हरएक के प्रति, और खासकर बच्चों के प्रति बहुत नम्र और सहनशील बना दिया था और मेरे लिए तो वे जब कभी मैं किसी बात से दुखी होता या तकलीफ महसूस करता ता सान्त्वना के निश्चित

आधार थे। उनके बढ़िया सफेद दाढ़ी थी और मेरी नौजवान आंखों को वे बहुत पुराने और प्राचीन जानकारी के खजाने मालूम होते थे। मैं उनके पास लेटे-लेटे घंटों अलिफ लैला की और दूसरी किस्से-कहानियां या 1857 और 1858 की गदर की बातें सुना करता।

"जब मैं कुल ग्यारह वर्ष का था तो मेरे लिए एक नये शिक्षक आए जिनका नाम था एफ० टी० ब्रुक्स। वे मेरे साथ ही रहते थे। उनके पिता आयरिश थे और मां फ्रांसीसी या बेलजियन थीं। वे एक पक्के थियोसाफिस्ट थे और मिसेज़ बीसेन्ट की सिफारिश से आए थे। कोई तीन साल तक वे मेरे साथ रहे। कई बातों में मुझपर उनका गहरा असर पड़ा।"

यह ऊपर कहा जा चुका है कि मोतीलालजी की रहन-सहन पश्चिमी ढंग की थी। इस रहन-सहन में एक बात और थी—धर्मनिरपेक्षता। आनन्द भवन में तीन सांस्कृतिक धाराएं प्रवाहित होती थीं। सबसे अधिक पश्चिमी, उसके बाद मुगल और तब हिन्दू। हिन्दू सांस्कृतिक धारा का प्रधान स्रोत थी स्वरूप रानी। मोतीलालजी पर सर्वाधिक प्रभाव था पश्चिमी संस्कृति का और उसके बाद मुगल संस्कृति का। जवाहरलालजी पर माता जी की अपेक्षा पिता का अधिक असर पड़ा।

माता-पिता दोनों ही जवाहरलाल पर अत्यधिक स्नेह रखते थे। इतना ही नहीं, ऐसे पुत्र पर उन्हें गर्व तक था। इसका प्रधान कारण था जवाहरलाल जी का स्वरूपवान और तेजस्वी इकलौता पुत्र होना। वे गौरव पूर्ण, अत्यन्त सुन्दर और तेजस्वी बालक थे, वह सौन्दर्य और तेज उनमें अन्त समय तक रहा।

उस समय सम्पन्न भारतीयों को अपनी संतान अंग्रेज़ों के सदृश बनाने की अभिलाषा रहती और मोतीलाल जी के सदृश पश्चिमी संस्कृति और सभ्यता में ओत-प्रोत जनों को तो और अधिक। अतः जवाहरलाल जी अपने पठन-पाठन, आहार-विहार हर दृष्टि से पश्चिमी बनाए जाने लगे। पढ़ने-लिखने के अतिरिक्त जो समय जवाहरलालजी को मिलता वह खेल-कूद में बीतता। इस मनोरंजन में तैरना, क्रिकेट, टेनिस और घुड़सवारी प्रधान

थे। उस समय मोटरों का ऐसा चलन नहीं हुआ था, यद्यपि देश में सबसे पहली मोटर शायद मोतीलालजी के यहां ही आई थी, अतः मोतीलालजी के अस्तबल में कुछ अच्छे घोड़े रहते थे। इनमें से कुछ जवाहरलालजी की सवारी के काम में आते थे। बाल्यावस्था का घोड़े की सवारी का शौक जवाहरलालजी को अपनी वृद्धावस्था तक रहा। जब कभी वे पहाड़ों आदि पर जाते तब घुड़सवारी अवश्य करते।

सन् 1905 में मोतीलालजी स्वयं उन्हें लेकर लन्दन गए। और वहां हैरो नामक पब्लिक स्कूल में उन्हें भरती करा दिया। किसी विद्यालय में शिक्षा पाने का जवाहरलालजी का यह पहला अवसर था। जवाहरलालजी ने दो वर्ष हैरो में शिक्षा पाई। अपने हैरो के जीवन के सबंध में उन्होंने लिखा है, "हैरो में दाखिल होने की दृष्टि से मेरी उम्र कुछ बड़ी थी क्योंकि मैं उन दिनों पन्द्रह वर्ष का था। इसलिए यह मेरी खुशकिस्मती ही थी कि मुझे वहां जगह मिल गई। इसके पहले मैं अजनबी आदमियों में बिलकुल अकेला कभी नहीं रहा था। इसलिए मुझे बड़ा ही सूना-सूना-सा मालूम पड़ता और घर की याद सताती थी, लेकिन यह हालत ज़्यादा दिनों तक नहीं रही। कुछ हद तक मैं स्कूल की जिन्दगी में हिल-मिल गया और काम तथा खेल-कूद में लगा रहने लगा, लेकिन मेरा पूरा मेल कभी नहीं बैठा। हमेशा मेरे दिल में यह खयाल बना रहता कि मैं इन लोगों में से नहीं हूं और दूसरे लोग भी मेरी बाबत यही खयाल रखते होंगे। कुछ हद तक मैं सबसे अलग अकेला ही रहा। लेकिन कुल मिलाकर मैं खेलों में पूरा हिस्सा लेता था। खेलों में मैं चमका-चमकाया तो कभी नहीं, लेकिन मेरा विश्वास है कि लोग यह मानते थे कि मैं खेल से पीछे हटनेवाला भी न था।"

सन् 1907 में हैरो से वे केम्ब्रिज के ट्रिनिटी कालेज में चले गए जहां वे तीन वर्ष पढ़े।

केम्ब्रिज के जीवन के सम्बन्ध में वे लिखते हैं, "1907 के अक्तूबर के शुरू में केम्ब्रिज के ट्रिनिटी कालेज में पहुंच गया। उस वक्त मेरी उम्र सत्तरह या अठारह वर्ष के लगभग थी। मुझे इस बात से बेहद खुशी हुई कि

अब मैं अण्डरग्रेजुएट हूं, स्कूल के मुकाबिले यहां मुझे जो चाहूं सो करने की काफी आज़ादी मिलेगी। मैं लड़कपन के बंधन से मुक्त हो गया था और यह महूसूस करने लगा था कि आखिर मैं भी अब बड़ा होने का दावा कर सकता हूं। मैं ऐंठ के साथ केम्ब्रिज के विशाल भवनों और उसकी तंग गलियों में चक्कर काटा करता और यदि कोई जान-पहचानवाला मिल जाता तो बहुत खुश होता।"

ट्रिनिटी कालेज से वे इनर टेम्पल में आए जहां से उन्हें सन् 1912 में बैरिस्टरी की डिग्री प्राप्त हुई। केम्बिज से लन्दन आने के बाद जवाहरलाल पूर्ण रूप से अंग्रेज़ जेन्टलमैन हो गए। वे अत्यन्त सुन्दर थे। रंग गोरा था ही यदि उनके बाल काले न होते और न छोटी-छोटी काली मूंछे तो वे अंग्रेज़ ही दिखाई देते। रंग के सिवा उनके सारे मुखमण्डल के अवयव आरम्भ से ही सुन्दरता से कटे-छटे थे। अब शरीर भी दुबलापन लिए हुए ढला-सा हो गया। कपड़े वे लन्दन के उस समय के प्रसिद्ध एकदम फैशनेबल बाण्ड स्ट्रीट में बनवाते। प्रायः अच्छे से अच्छे क्लबों और रेस्टोरेण्टों में जाते। नाटकों का उन्हें बहुत शौक था अतः खूब नाटक देखते। सिनेमा उस समय ईजाद नहीं हुआ था। जहां कहीं भी लन्दन के अभिजात वर्ग का निमंत्रण मिलता वहां के निमंत्रणों में उपस्थित होते। बैरिस्टरी का पाठ्यक्रम ऐसा नहीं था जिसमें उन्हें बहुत समय देना पड़ता हो अतः उस समय वे लन्दन के इन्हीं कार्यों में व्यस्त रहते। जिस प्रकार अभी गर्मियों में बाहर के आए हुए लोग यूरोप के विभिन्न देशों को देखने जाते हैं उसी प्रकार उस समय भी प्रथा थी। अतः गर्मियों में यूरोप के देशों में खूब घूमते। धनवान पिता के पुत्र थे अतः धन की कोई कमी नहीं थी और विदेशी मुद्रा का कोई प्रतिबन्ध नहीं था। अतः मोतीलालजी से खूब धन प्राप्त होता और इस दृष्टि से उन्हें कभी कोई कमी महसूस नहीं होती।

इस प्रकार अपनी शिक्षा समाप्त कर वे सन् 1912 में भारतवर्ष लौटे।

सात वर्ष के अपने इंग्लैण्ड के जीवन के बीच वे दो बार छुट्टियों में भारत आए थे। और एक बार मोतीलालजी लन्दन गए थे।

मोतीलालजी का जवाहरलाल पर कितना अधिक प्रेम था यह उनके द्वारा जवाहरलाल को लिखे गए कुछ पत्रों से ज्ञात होता है। इन पत्रों में से भी कुछ के उद्धरण यहां देना अनुपयुक्त न होगा।

हैरों में भर्ती कराने के बाद लन्दन लौटने पर 30 सितम्बर, 1905 को मोतीलालजी ने जवाहरलाल को लिखा,

"उम्मीद है तुम अपनी हिफाज़त रख रहे हो, तुम्हें यह समझ लेना चाहिए कि अपनी हिफाज़त करने में तुम बहुत दूर तक मेरी और मेरे सुख का भी ध्यान रख रहे हो।"

19 अक्टूबर, 1905 को मार्सेल्स से भारत आते हुए उन्होंने फिर लिखा,

"तुम्हें यह समझ लेना है कि हमने इस दुनिया और शायद दूसरे संसारों का अपना सबसे प्यारा खज़ाना तुम्हारे रूप में वहां छोड़ा है। तुम्हारे वियोग का कष्ट हम केवल तुम्हारी भलाई की नज़र से सह रहे हैं। सवाल तुम्हें सच्चा मानव बनाने का है जो तुम बनने ही वाले हो। हमारे लिए यह खुदगरजी वरन् पाप की बात होगी कि हम तुम्हारे लिए अपने बाद सोने का एक भण्डार छोड़ जाएं पर तुम्हें अशिक्षित या अर्द्धशिक्षित रख दें। मैं यह बिना किसी गर्व के कह सकता हूं कि मैं नेहरू कुटुम्ब के भाग्य की बुनियाद डालनेवाला हूं। मैं तुमसे यह उम्मीद करता हूं कि जो बुनियाद मैंने डाली है उसपर तुम प्रतिष्ठा की एक आलीशान इमारत बनाओगे जो आकाश की ऊंचाइयों को छू सके। हम तुम्हें शारीरिक दृष्टि से छोड़ रहे हैं लेकिन आत्मिक दृष्टि से हमेशा तुम्हारे साथ रहेंगे। तुमसे जुदा होने के पहले, हालांकि यह जुदाई थोड़े वक्त की ही है, मैंने यह कभी नहीं सोचा कि मैं तुमसे इतना अधिक प्रेम करता हूं। मुझे इसमें ज़रा भी शक नहीं है कि तुम मेरी समस्त आशाओं को पूरा करोगे और उससे भी आगे बढ़ोगे। काम के भीतर तन्दुरुस्ती को ठीक रखना भी आ जाता है। शरीर और मन दोनों को ठीक रखना यही उस जुदाई का एवजाना होगा, जो हम लोग सह रहे हैं। अपनी मानसिक हालत में मैं पन्ने पर पन्ने लिख सकता हूं पर अब रात का एक बज रहा है।"

चार नवम्बर को इलाहाबाद पहुंचने के दो दिन बाद मोतीलालजी ने

फिर लिखा,

"आखिर हम यहां पहुंच गए। पर इस 'आनन्द भवन' में वह आनन्द दिखाई नहीं देता। कुछ कमी हो गई है। और वह कमी है तुम्हारा न रहना।"

सन् 1906 में उन्होंने जवाहरलाल जी को किसी आंगल से विवाह करने पर उन्हें सुख न मिलेगा इसका विवेचन करते हुए लिखा,

"तुम्हें मालूम होना चाहिए कि तुम मेरे लिए कितने प्रिय हो। तुम्हारे और तुम्हारे सच्चे सुख के बीच में आने की मैं बात भी नहीं सोच सकता... अपने ताल्लुक की किसी भी बात के बारे में तुम मुझे पिता न समझ दुनिया में अपने सबसे प्यारे दोस्त के मानिन्द समझो, जो तुम्हें सुखी करने के लिए सब कुछ करेगा।"

सन् 1912 में जब मोतीलालजी कुछ हफ्तों के लिए काश्मीर गए तब वहां से लौटते समय उन्होंने जवाहरलालजी को लिखा,

"तुमसे मिलकर जो खुशी मुझे होगी वह लफ़्जों में नहीं बताई जा सकती। उसका सिर्फ अनुभव किया जा सकता है, जैसे कि किसी भी खुशी का।"

असहयोग आन्दोलन तक

जब जवाहरलाल सन् 1912 में भारत लौटे उस समय उनके कुटुम्ब में उनकी एक बहन और हो गई थी, जिनका नाम कृष्णा रखा गया था। इस परिवर्तन के सिवा कुटुम्ब में और कोई परिवर्तन नहीं हुआ था। मोतीलालजी की वकालत से धन बरस रहा था और आनन्द भवन का वैसा ही रहन-सहन तथा वैसी ही शान-शौकत थी जैसी उस समय थी जब जवाहरलाल विलायत गए थे। उनकी अनुपस्थिति के कारण अवश्य माता-पिता को सूनापन महसूस होता था जो उनके आते ही भर गया। आनन्द भवन का जीवन और अधिक आनन्दमय हो गया।

जवाहरलालजी ने अपने पिता के साथ वकालत शुरू की और लगभग आठ साल तक वे अपने पिता के सहायक वकील के रूप में काम करते रहे।

परन्तु इतने दीर्घकाल तक वकालत करने पर भी उन्होने स्वयं शायद ही किसी मुकदमे की पैरवी की हो।

भारतीय स्वतन्त्रता-सम्बन्धी राजनीति की ओर और फेबियनवादी समाज-रचना की ओर वे कुछ आकर्षित अवश्य हुए थे, परन्तु यह आकर्षण सन् 1920 तक आकर्षणमात्र रहा। इसमें कोई विशेष सक्रियता नहीं आई।

मोतीलालजी को उनके विवाह की चिन्ता अवश्य थी। सन् 1916 में जब जवाहरलाल की अवस्था 26 वर्ष की थी तब उनका विवाह कमला कौल से हुआ। अपनी पुत्रवधू का चयन उन दिनों की प्रथा के अनुसार मोतीलालजी एवं स्वरूप रानी जी ने ही किया। कमला की अवस्था उस समय केवल सत्तरह वर्ष की थी। कमला कौल एक काश्मीरी ब्राह्मण व्यापारी की कन्या थी। विवाह दिल्ली में बड़ी धूम-धाम से हुआ। आगे चलकर जवाहरलालजी ने कमलाजी के सम्बन्ध में लिखा है, "कुछ थोड़ी-सी स्कूली तालीम के अलावा उसे कायदे से शिक्षा नहीं मिली थी। उसका दिमाग शिक्षा की पगडंडियों में से होकर नहीं गुज़रा था। हमारे यहां एक भोली लड़की की तरह आई और ज़ाहिरा उसमें कोई ऐसी जटिलताएं नहीं थीं जो आजकल आम तौर से मिलती हैं। चेहरा तो उसका लड़कियों जैसा बराबर बना रहा, लेकिन जब वह सयानी होकर औरत हुई तब उसकी आंखों में एक गहराई, एक ज्योति आ गई, जो इस बात की सूचक थी कि इन शांत सरोवरों के पीछे तूफान चल रहा है। वह नई रोशनी की लड़कियों जैसी नहीं थी, न तो उसमें वे आदतें थींन वह चंचलता थी। फिर भी नये तरीकों से वह आसानी से घुल-मिल जाती थी। दरअसल वह एक हिन्दुस्तानी और खास तौर पर काश्मीरी लड़की थी।...उसमें कपट नाम को भी न था। अगर वह किसी व्यक्ति को नापसंद करती और यह बात ज़ाहिर हो जाती, तो उसे छिपाने की कोशिश न करती। मुझे ऐसे इंसान कम मिले हैं जिन्होंने मुझ पर अपनी साफ दिली का वैसा प्रभाव डाला हो जैसा कि उसने डाला।

"रवीन्द्रनाथ ठाकुर के नाटक की चित्रा की तरह वह मुझसे यह कहती

जान पड़ती थी, 'मैं चित्रा हूं, देवी नहीं हूं कि मेरी पूजा की जाए। अगर तुम खतरे और साहस के रास्ते में मुझे अपने साथ रखना मंजूर करते हो, तो तुम मेरे असली आत्मा को पहचानोगे' लेकिन उसने यह बात मुझे शब्दों में नहीं कही। धीरे-धीरे यह संदेशा मैं उसकी आखों में पढ़ गया।"

विवाह के दो वर्ष बाद उनकी एकमात्र संतति इन्दिरा प्रियदर्शिनी का जन्म हुआ।

मोतीलालजी अपनी वकालत के साथ ही थोड़ा-बहुत राजनैतिक कार्य भी करते थे, परन्तु वे नरम दल के व्यक्ति थे। जवाहरलाल की प्रवृत्ति गरम राजनीति की ओर थी। यद्यपि सन् 1916 के लखनऊ कांग्रेस अधिवेशन के अवसर पर वे गांधीजी से मिले थे तथापि उनपर श्रीमती एनी बीसेन्ट का बहुत प्रभाव था। सन् 1917 में जब श्रीमती बीसेन्ट को सरकार ने गिरफ्तार किया तब जवाहरलाल को बहुत जोश आया, परन्तु इस जोश के बावजूद सिवा इसके कि वे सन् 1919 में श्रीमती बीसेन्ट की होम रूल लीग में सम्मिलित हो जाएं उन्होंने सन् 1920 के असहयोग आन्दोलन तक राजनैतिक क्षेत्र में कोई सक्रिय कार्य नहीं किया। हां, सन् 1918 के पंजाब के हत्याकांड का उनके मन पर गहरा असर अवश्य पड़ा था।

स्वातंत्र्य-संग्राम के सेनानी

सन् 1920 के सितम्बर मास में कांग्रेस का कलकत्ते में वह ऐतिहासिक अधिवेशन हुआ जिसमें गांधीजी का असहयोग का कार्यक्रम स्वीकृत किया गया। इस अधिवेशन के अध्यक्ष थे लाला लाजपतराय, जो कुछ समय पूर्व ही अमरीका से लौटे थे। लालाजी और उन्हींके साथ उस समय के सभी कांग्रेस के वरिष्ठ नेता पं० मदन मोहन मालवीय, श्री मोहम्मद अली जिन्ना, श्री चित्तरंजनदास आदि इस कार्यक्रम के विरुद्ध थे। पहले कहा जा चुका है कि अपनी वकालत करते हुए मोतीलालजी थोड़ा-बहुत राजनैतिक कार्य भी किया करते थे। पंजाब की हत्याकांड की जांच के लिए कांग्रेस ने जो

समिति बनाई थी उसके मोतीलालजी भी सदस्य हुए थे। उस जांच में उन्होंने अथक परिश्रम किया था। जिसके फलस्वरूप कांग्रेस का सन् 18 के अन्त में जो अधिवेशन अमृतसर में हुआ था उसके मोतीलालजी ही अध्यक्ष चुने गए थे। परन्तु वे नरम दल के व्यक्ति थे। कलकत्ते के इस अधिवेशन में मोतीलालजी ने गांधीजी का साथ दिया। इसके मुख्य कारण थे जवाहरलाल नेहरू।

जवाहरलालजी गांधीजी की सक्रियता के कारण धीरे-धीरे उनकी ओर खिंच रहे थे। यह आरंभ में मोतीलालजी की घबराहट और उद्विग्नता का कारण हुआ। मोतीलालजी के मन में भी दक्षिण अफ्रीका, चम्पारन और खेड़ा में जो कुछ गांधीजी ने किया था उसके कारण उनके प्रति श्रद्धा थी, परन्तु उनकी उद्विग्नता और घबराहट का करण था जवाहरलाल पर जेल आदि की यातना का भय। मोतीलालजी ने जवाहरलालजी को समझाने के लिए गांधीजी को इलाहाबाद बुलाया। गांधीजी तत्काल इलाहाबाद पहुंचे और जवाहरलालजी को अपने पिता की इच्छानुसार चलने के लिए कहा। जवाहरलालजी के सामने अब मोतीलालजी और गांधीजी की आज्ञा का अनुसरण करने के सिवा और कोई रास्ता न था। उन्होंने गांधीजी को पिता की इच्छा के अनुसार चलने का अश्वासन तो दे दिया, परन्तु गांधीजी के कार्यक्रमों के प्रति उनका जो खिंचाव था उसे वे न रोक सके। मोतीलालजी बड़ी प्रचक्षण बुद्धि के व्यक्ति थे। पुत्र पर उनका अगाध और असीम स्नेह था। उनके सामने अब प्रश्न था पुत्र के साथ स्वयं गांधीजी का अनुसरण करना अथवा गांधीजी का विरोध। मोतीलालजी में देशभक्ति भी कम नहीं थी, वे गांधीजी से प्रभावित भी थे, परन्तु सबसे प्रधान बात थी पुत्र का स्नेह। अतः लम्बे समय तक मानसिक संघर्ष के उपरान्त उन्होंने गांधीजी का साथ देने का निर्णय किया। कांग्रेस के कलकत्ता अधिवेशन में वे जवाहरलालजी के साथ पूर्णतया गांधीजी के अनुयायी हो गए। पिता-पुत्र दोनों ने वकालत छोड़ी, आनन्द भवन के सारे रहन-सहन, शान-शौकत में परिवर्तन हो गया। यहीं से जवाहरलालजी का वह सार्वजनिक जीवन प्रारंभ हुआ, जिसने उन्हें

शनैः-शनै गांधीजी का सर्वप्रमुख स्नेह-पात्र शिष्य बना दिया।

सन् 1920 के सितम्बर में कांग्रेस के कलकत्ते के विशेष अधिवेशन में असहयोग का जो प्रस्ताव स्वीकृत हुआ था वह उसी वर्ष दिसंबर में कांग्रेस ने नागपुर के साधारण अधिवेशन में स्वीकार किया और श्री जिन्ना को छोड़ उस समय के जो वरिष्ठ कांग्रेस नेता पं० मदनमोहन मालवीय, लाला लाजपतराय, श्री चित्तरंजनदास आदि असहयोग के विरुद्ध थे वे सब उसके समर्थक हो गए। इसके पहले खिलाफत के प्रश्न के कारण मुसलमानों ने इस कार्यक्रम को स्वीकार कर लिया था। उस समय के मुस्लिम नेताओं में प्रमुख थे अली बन्धु, हकीम अजमल खां, मौलाना अबुल कलाम आज़ाद, डा० अंसारी आदि।

नागपुर कांग्रेस के बाद असहयोग आन्दोलन हिन्दू-मुस्लिम-एकता के साथ पूरे जोश और खरोश के साथ चल पड़ा।

सन् 1921 के आरंभ से एक ओर असहयोग आन्दोलन चला और दूसरी ओर सरकारी दमन।

जवाहरलालजी ने अपनी पूरी शक्ति के साथ असहयोग आन्दोलन में कार्य आरंभ किया। जो जवाहरलाल लन्दन में प्रसिद्ध ब्रांड स्ट्रीट के अच्छे से अच्छे फैशनेबिल कपड़े पहनते, उन्होंने मोटी खादी धारण की। उस समय जो खादी मिलती थी उसका मिलान टाट से ही किया जा सकता था। फिर वह चौड़े अरज की न मिलती थी। धोती के बीच में पूरे अरज का जोड़ रहता था और सदा भय लगा रहता था कि कहीं चमड़ी न छिल जाए। अपने स्वयं के अनुभव के आधार पर मैं यह कह रहा हूं। ऐसे वस्त्र धारण कर जवाहरलालजी ने कांग्रेस और गांधीजी का संदेश गांव-गांव, सड़क-सड़क, गली-गली, और घर-घर, कभी विभिन्न प्रकार की सवारियों पर, और कभी पैदल ही चलकर, पहुंचाया। वे देश, अपने प्रदेश और इलाहाबाद ज़िले में जिस प्रकार घूमे-भटके उस प्रकार विरले ही व्यक्ति घूमे-भटके होंगे। इस प्रकार का अथक परिश्रम करते हुए पिता के साथ वे सन् 1921 में सर्वप्रथम जेल गए।

जवाहरलालजी के इस त्याग और परिश्रम का असर उनके संपूर्ण

कुटुम्ब पर पड़ा। स्वतन्त्रता-प्राप्ति के सन् 20 से 47 तक के युद्धों में नेहरू-कुटुम्ब का ऐसा कोई व्यक्ति नहीं जिसने कभी न कभी भाग न लिया हो और जो जेल न गया हो। जवाहरलालजी की माता स्वरूपरानी, उनकी पत्नी कमला, दोनों बहनें विजयालक्ष्मी और कृष्णा और उनकी पुत्री इंदिरा ये सभी स्वतन्त्रता-संग्राम में भाग ले चुकी हैं और जेल हो गई हैं।

सन् 1921 में असहयोग आन्दोलन का सबसे बड़ा कार्यक्रम गुजरात के बारदोली ताल्लुके में करबन्दी था। परन्तु गांधीजी अपने प्रत्येक कार्यक्रम को बिना किसी हिंसा के शान्तिपूर्वक चलाना चाहते थे। जिस समय बारदोली का करबन्दी आन्दोलन आरंभ होनेवाला था उसी समय उत्तर प्रदेश में गोरखपुर ज़िले के चौरीचौरा स्थान पर एक हिंसात्मक घटना हो गई। इसके पहले भी इधर-उधर दो-चार हिंसात्मक घटनाएं घटित हुई थीं, पर चौरीचौरां की यह घटना उन सबसे बड़ी थी। इस घटना का समाचार पाते ही गांधीजी ने करबन्दी आन्दोलन को स्थगित कर दिया। उस समय गांधीजी को छोड़कर कांग्रेस के प्रायः सभी वरिष्ठ नेता जेलों में थे, जैसे लाला लाजपतराय, चित्तरंजनदास, अली बंधु, मोलीलालजी और जवाहरलालजी आदि। गांधीजी की इस कृति से सभी क्षुब्ध हो उठे, जवाहरलालजी भी। परन्तु गांधीजी अपने मत पर अडिग रहे और इस सारे क्षोभ के उपरान्त भी कांग्रेस की कार्यकारिणी समिति तथा अखिल भारतीय कांग्रेस कमेटी ने गांधीजी के मत का ही समर्थन किया।

अपनी पहली जेल-यात्रा के बाद अवधि के कुछ पूर्व जवाहरलालजी छोड़ दिए गए। वे सन् 1922 की 3 मार्च को छूटे। पर छूटने के केवल दो महीने 8 दिन पश्चात् फिर गिरफ्तार कर लिए गए। छः महीने बाद फिर छूटे और थोड़े समय उपरांत ही पुनः नाभा में गिरफ्तार हुए। इस प्रकार सन् 1921 से 23 तक लगभग दो वर्षों में उनकी तीन जेल-यात्राएं हुईं।

बारदोली के सत्याग्रह स्थगित होने के बाद गांधीजी गिरफ्तार हो चुके थे। गांधीजी की गिरफ्तारी के बाद कांग्रेस ने सत्याग्रह जांच समिति के नाम से एक समिति इसलिए बनाई कि वह इस बात का पता लगावे कि सत्याग्रह संभव

है अथवा नहीं। इस समिति के सदस्यों में आधे सदस्यों ने सत्याग्रह के स्थान पर कौंसिल-प्रवेश के पक्ष में राय दी। कांग्रेस में इस संबंध में बड़ा वाबेला मचा। कांग्रेस जन परिवर्तनवादी और अपरिवर्तनवादी दलों में विभक्त हो गए। जवाहरलालजी उस समय जेल में थे। अतः वे इस विवाद से बच गए। मोतीलालजी कौंसिल-प्रवेश के पक्ष में थे। जब तक जवाहरलालजी जेल से छूटे तब तक इन परिवर्तन और अपरिवर्तनवादी कांग्रेस जनों में समझौता हो गया, जिसके अनुसार परिवर्तनवादियों ने स्वराज्य पार्टी के नाम से कांग्रेस के अन्तर्गत जो एक दल बना लिया था उसे कौंसिलों में जाने की अनुमति प्रदान कर दी गई। मोतीलालजी के नेतृत्व में स्वराज्य दल के कांग्रेसी केन्द्रीय व्यवस्थापिका सभा में पहुंचे। इधर जेल से निकलने के बाद जवाहरलालजी सन् 1923 में इलाहाबाद नगरपालिका के अध्यक्ष हो गए।

नगरपालिका के अध्यक्ष-पद से जवाहरलालजी ने नज़दीक से जन-समुदाय की समस्याओं को देखा, समझा और उन्हें हल करने का प्रयत्न किया। नगरपालिका में उन्हें बहुत-कुछ करने को था। इन स्थानीय सुधारों की ओर उन्होंने तत्परता से कदम उठाया और अपनी स्वाभाविक परिश्रमशीलता से उन सुधारों को करने की कोशिश की। आगे जब वे प्रधानमन्त्री हुए उस समय उन्होंने समूचे देश में जो कुछ किया वही छोटे रूप में प्रयाग की नगरपालिका में किया।

प्रयाग की नगरपालिका के अध्यक्ष-पद का उनका कार्यकाल तीन वर्ष का था, किन्तु दूसरे वर्ष में ही वे उस पद से त्यागपत्र देने को उद्यत हो गए। इसका कारण था उनके कार्यक्रम के कार्य रूप में परिणत होने की सब ओर से रुकावटें। नगरपालिका के सदस्य, वहां के कर्मचारी सभी में पक्षपात, भ्रष्टाचार सभी कुछ फैला हुआ था। प्रान्तीय सरकार से सहयोग मिलता न था जिसके बिना महत्त्वपूर्ण कार्य सम्भव न थे। कुछ लोगों के अत्यधिक आग्रह के कारण वे कुछ समय तक अध्यक्ष और बने रहे, परन्तु अन्त में अपने कार्यकाल के पूर्व ही उन्होंने उस अध्यक्ष-पद से त्यागपत्र दे दिया।

इन्दिरा के जन्म के पश्चात् से ही कमलाजी का स्वास्थ्य ठीक न रहता था।

धीरे-धीरे उन्हें क्षय रोग ने दबोच लिया था। इलाज और वायु-परिवर्तनार्थ वे यूरोप भेजी गई थीं। वहां से जब उनकी और अधिक अस्वस्थता के समाचार मिले तब जवाहरलाल सन् 1926 के मार्च में यूरोप चले गए। यूरोप वे कुछ ही महीने रहने वाले थे, परन्तु कमलाजी के स्वास्थ्य के कारण उन्हें वहां एक वर्ष नौ माह तक ठहरना पड़ा। कमलाजी के स्वास्थ्य में कुछ सुधार होने पर वे कमलाजी, अपनी अष्ट वर्षीय पुत्री इन्दिरा के साथ यूरोप के कुछ देशों में घूमे और ब्रुसेल्स की साम्राज्यवादी-विरोधी कांग्रेस में भारतीय कांग्रेस के प्रतिनिधि के रूप में सम्मिलित हुए। मोतीलालजी भी यूरोप आ गए और पिता-पुत्र चार दिन के लिए रूस भी गए।

सन् 1927 में यूरोप से लौट जवाहरलालजी ने अखिल भारतीय कांग्रेस कमेटी के सामने ब्रसेल्स कांग्रेस लीग की जो रिपोर्ट पेश की उसमें उन्होंने ब्रसेल्स की कांग्रेस को भारत के अनुकूल बताया और कांग्रेस को सलाह दी कि इस साम्राज्य-विरोधी लीग से अपना सम्बन्ध जोड़े। उन्होंने अपने प्रतिवेदन में लिखा कि यह सम्बन्ध एशियाई और अफ्रीकी राष्ट्रों से भारत के सम्पर्क में सहायक होगा। परन्तु दो वर्ष बाद जब इस लीग ने सन् 1929 में दिल्ली घोषणापत्र पर जवाहरलाल के हस्ताक्षर के कारण, जो गांधीजी ने लिखा था और जिसके अनुसार यदि ब्रिटिश सरकार कांग्रेस से समझौता कर लेती तो अगला सत्याग्रह आन्दोलन आवश्यक न रहता, जवाहरलाल को अपने हस्ताक्षर वापस लेने के लिए लिखा, गांधीजी को गालियां दीं और भारत के मज़दूर-किसान संगठनों को इस घोषणा-पत्र के विरुद्ध पत्र लिखे तब उन्होंने इस लीग से अपना सम्बन्ध तोड़ लिया।

सन् 27 के अन्त में कांग्रेस का अधिवेशन मद्रास में था। जवाहरलालजी ने इस अधिवेशन में कांग्रेस द्वारा पूर्ण स्वाधीनता का प्रस्ताव स्वीकृत कराया और सर्वप्रथम कांग्रेस को समाजवादी समाज-रचना की ओर तथा वैदेशिक मामलों की ओर भी मोड़ा।

सन् 1928 भारतवर्ष के लिए महत्त्वपूर्ण वर्ष था। उस वर्ष भारत में आगे कैसे शासन सुधार किए जाएं इस पर विचार करने के लिए श्री साइमन

की अध्यक्षता में विलायत से ब्रिटिश सरकार ने भारत एक आयोग भेजा। चूंकि इस आयोग में एक भी भारतीय सम्मिलित नहीं किया गया था और सब अंग्रेज़ थे अतः भारतवर्ष में यहां के सभी गण्यमान राजनैतिक दलों ने साइमन कमीशन का बाइकाट किया। अन्य स्थानों पर इस बहिष्कार के भारी-भारी आयोजन हुए। आयोजन करनेवालों पर सरकार द्वारा अनेक अमानुषिक बेहूदी कार्यवाहियां भी की गईं। लाहौर में लाला लाजपतराय पर लाठियों से आक्रमण किए गए, जिन चोटों के कारण आगे चलकर लालाजी की मृत्यु ही हो गई। लखनऊ के आयोजन में जवाहरलालजी पर लाठियां पड़ीं। जेल तो वे इसके पूर्व कई बार हो आए थे, पर लाठियां सहने का उनका यह पहला अवसर था। जिन जवाहरलाल का आनन्द भवन में एक राजकुमार के सदृश लालन-पालन हुआ था, उनपर लाठियां बरसें, यह कल्पना करने की भी बात नहीं थी। इस प्रकार के साइमन कमीशन के आगमन के कारण कांग्रेस ने पं० मोतीलालजी की अध्यक्षता में भावी भारत के संविधान की रचना करने के लिए एक समिति नियुक्ति की। उसकी जो रिपोर्ट निकली उसमें ध्येय रखा गया औपनिवेशक ढंग के स्वराज्य प्राप्त करने का। सन् 1928 के अन्त में कांग्रेस का अधिवेशन कलकत्ते में हुआ, जिसके अध्यक्ष मोतीलालजी चुने गए। नेहरू-कमेटी की रिपोर्ट पर विचार इस अधिवेशन का मुख्य कार्यक्रम था। ध्येय के सम्बन्ध में विवाद उठ खड़ा हुआ। नेहरू कमेटी ने जो ध्येय औपनिवेशिक स्वराज्य का रखा था उसके स्थान पर पूर्ण स्वाधीनता के ध्येय का सुधार मद्रास के प्रसिद्ध नेता श्री निवास आयंगर ने रखा। इसके समर्थक थे श्री जवाहरलाल नेहरू और श्री सुभाषचन्द्र बोस। बड़ा वाद-विवाद हुआ। बड़े और छोटे नेहरू के बीच में जो यह विवाद चलो उसमें दोनों ही दुःखी थे। मोतीलालजी कितने दुःखी थे इसका मुझे व्यक्तिगत अनुभव है, क्योंकि सन् 1923 से ही मोतीलालजी का मुझपर अत्यधिक स्नेह हो गया था। अंत में गांधीजी की सहायता से नेहरू कमेटी का ध्येय कांग्रेस द्वारा स्वीकृत हुआ, परन्तु इस शर्त के साथ कि यदि एक वर्ष के भीतर भारत को औपनिवेशिक स्वराज्य प्राप्त नहीं हुआ तो

कांग्रेस का ध्येय पूर्ण स्वाधीनता हो जाएगा। इस ध्येय की धारा पर मत लेते समय कांग्रेस के प्रतिनिधियों में कैसी कसमकश और चख-चख हुई उसका भी मुझे व्यक्तिगत अनुभव है। अन्त में चार बजे प्रातःकाल मत लिए जा सके और इस मतदान में बहुत थोड़े बहुमत से नेहरू कमेटी द्वारा प्रस्तावित ध्येय स्वीकृत हो सका। यदि गांधीजी न होते और उन्होंने अपना पूरा वज़न मोतीलालजी के पक्ष में न डाला होता तो निर्णय उलटा होता, इसमें मुझे ज़रा भी संदेह नहीं है।

सन् 1929 में कांग्रेस का अधिवेशन लाहौर में हुआ। गांधीजी के आग्रह के कारण इस अधिवेशन के अध्यक्ष जवाहरलालजी चुने गए। उस समय जवाहरलालजी की अवस्था केवल चालीस वर्ष की थी। श्रीगोपालकृष्ण गोखले के सिवा इतनी कम अवस्था में कांग्रेस का अब तक कोई अध्यक्ष न हुआ था। जब घोड़े की सवारी में कांग्रेस अध्यक्ष का जलूस निकला उस समय का जोश और खरोश मैं अब तक नहीं भूल पाया हूं। एक ऊंची अट्टालिका पर से प्रेम के आंसू बहाते हुए जवाहरलालजी की माता ने अपने पुत्र कांग्रेस अध्यक्ष पर जिस प्रकार पुष्प-वर्षा की थी उसने सारे जन-समुदाय को प्रेमाश्रुपूरित कर दिया था। पिता द्वारा अपने पुत्र को अपनी ज़िम्मेदारी सौंपना यह इस अधिवेशन की दूसरी ऐतिहासिक विशेषता थी। लाहौर कांग्रेस के इस अधिवेशन में 31 जनवरी की रात्रि को 12 बजे कांग्रेस का ध्येय पूर्ण स्वराज्य हुआ और उस समय हम सब प्रतिनिधियों के साथ जवाहरलालजी नाचने लगे। यह सचमुच का नाच था, शब्दों का नहीं।

1930 में गांधीजी ने नमक सत्याग्रह से अपना सत्याग्रह आन्दोलन आरम्भ किया। जवाहरलालजी ही नहीं, राजेन्द्र बाबू के सदृश गांधीजी के निकटतम अनुयायियों तक को गांधीजी का यह कार्यक्रम आरम्भ में समझ में न आया, परन्तु अब गांधीजी का प्रभाव इतना अधिक बढ़ गया था कि सबने चुपचाप उनका अनुसरण किया, जवाहरलालजी ने भी।

हज़ारों अन्य कांग्रेसवादियों के साथ जवाहरलाल भी अप्रैल में गिरफ्तार

हुए। सन् 31 में डा० सप्रू और श्री जमकर के मार्फत सरकार से समझौते की बातें शुरू हुईं और उन बातों में भाग लेने के लिए गांधीजी के साथ सब कांग्रेसी नेता छोड़ दिए गए।

मोतीलालजी जेल में काफी बीमार हो गए थे। जब इस समझौते की बातें चल रही थीं उसी समय सन् 31 की 6 फरवरी को लखनऊ में मोतीलालजी का देहावसान हो गया। उस समय उनके पास गांधीजी आदि सभी नेता मौजूद थे। मोतीलालजी का शव लखनऊ से इलाहाबाद लाया गया। शवयात्रा में प्रयागवालों ने जैसी श्रद्धांजलि मोतीलालजी को अर्पित की वह दृश्य प्रयाग के लिए अभूतपूर्व था। जवाहरलालजी को पिता के निधन से घोर शोक हुआ। वे अपने को अनाथवत् मानने लगे, परन्तु गांधीजी का अवलंब जो मौजूद था। अब गांधीजी के सिवा जवाहरलाल पर कोई छत्रछाया न रह गई।

4 मार्च, सन् 31 को गांधी-इरविन पैक्ट पर हस्ताक्षर हुए। यद्यपि इस समझौते की सब शर्तें जवाहरलालजी को मान्य न थीं तथापि गांधीजी की आज्ञा से उन्होंने भी इस पैक्ट पर हस्ताक्षर कर दिए।

गांधीजी कांग्रेस के एकमात्र प्रतिनिधि के रूप में दूसरी गोलमेज़ परिषद् में लंदन गए, पर उन्हें नैतिक सफलता के अतिरिक्त कोई व्यावहारिक लाभ न हुआ। भारतवर्ष का वायुमंडल फिर से बिगड़ चला था अतः गांधीजी के लौटने के पहले ही उस समय के वाइसराय विलिंगडन ने अनेक कांग्रेसी नेताओं को गिरफ्तार कर लिया था। नेहरूजी भी सन् 31 की 26 दिसम्बर को गिरफ्तार हो गए थे और उन्हें दो वर्ष की सज़ा दे दी गई थी। अवधि समाप्त होने के केवल दस दिन पूर्व जवाहरलालजी को सन् 33 में उनकी माता की सख्त बीमारी के कारण छोड़ा गया। कुछ दिन बाद नेहरूजी गांधीजी से मिले। गांधीजी भी इस समय जेल से छूट चुके थे। जवाहरलालजी और गांधीजी की अनेक मुद्दों पर बातचीत हुई। इन मुद्दों को सुरक्षित रखने के लिए पत्र-व्यवहार भी चलता था। इस पत्र-व्यवहार से जवाहरलालजी के और गांधीजी के अनेक सिद्धांतों पर मतभेद स्पष्ट

हो जाता है, परन्तु पहले के मतभेदों के सदृश इन मतभेदों के बावजूद जवाहरलालजी गांधीजी के पक्के शिष्य रहे।

सन् 34 में बिहार के भूकम्प के समय नेहरूजी ने भूकम्प पीड़ितों की अथक सेवा की। मैं भी उस समय बिहार गया था। मुंगेर में गिरे हुए मकानों के मलबे को फावड़े से साफ करते हुए मैंने स्वयं उन्हें देखा है। बिहार के इस भूकंप के अवसर पर भूकंप से पीड़ित लोगों को सहायता पहुंचाने के लिए दो कोष एकत्रित हो रहे थे। एक कांग्रेस में राजेन्द्र बाबू का कोष और दूसरा वाइसराय का कोष। दोनों में ही पर्याप्त धन मिल रहा था। परन्तु व्यय में अन्तर था। राजेन्द्र बाबू के कोष का प्रायः समस्त द्रव्य पीड़ितों की सहायता में जाता था और वाइसराय के कोष में से बहुत बड़ी रकम पीड़ितों की सहायता करनेवाले सरकारी कर्मचारियों के खर्च में उठता था। जवाहरलालजी ने राजेन्द्र बाबू के कोष में धन एकत्रित करने का प्रयत्न किया और इस धन से पीड़ितों को सहायता देने के प्रबन्ध में हाथ बंटाया। इसके लिए उन्होंने बिहार का एक व्यापक दौरा किया। वे कलकत्ते भी गए जहां उन्होंने कुछ भाषण दिए। कलकत्ते के इन भाषणों पर इलाहाबाद में 16 फरवरी को इन्हें फिर गिरफ्तार कर लिया गया और दो वर्ष की सज़ा दी गई।

सन् 1934 की ग्यारह अगस्त को जवाहरलालजी दस दिन के लिए फिर कमलाजी की बीमारी के कारण छोड़े गए। कमलाजी की बीमारी बढ़ती ही जा रही थी। कुछ दिन बाद उन्हें इलाज और वायु-परिवर्तनार्थ स्विट्जरलैंड भेजा गया। सन् 1935 के सितम्बर में जवाहरलालजी कमलाजी की और चिन्तनीय हालत होने के कारण फिर छोड़ दिए गए और वे यूरोप गए। सन् 1936 की अठारह फरवरी को कमला नेहरू का स्विट्ज़रलैंड में देहावसान हुआ। जब नेहरूजी यूरोप में थे उसी समय सन् 1936 में लखनऊ में होनेवाले कांग्रेस अधिवेशन के वे अध्यक्ष चुने गए। यद्यपि कांग्रेस के संविधान के अनुसार जिस प्रदेश में कांग्रेस का अधिवेशन होता था, उस प्रदेश का व्यक्ति अधिवेशन का अध्यक्ष नहीं चुना जा सकता था, पर नेहरूजी अध्यक्ष चुने जा सकें इसलिए संविधान की उस धारा में

परिवर्तन किया गया। सन् 1935 का नया गवर्नमेंट आफ इंडिया ऐक्ट लागू हो रहा था और उसके अनुसार सन् 37 में नये चुनाव होनेवाले थे। कांग्रेस ने ये चुनाव लड़े जाएं, यह फैसला तो किया, पर चुनावों के बाद जिन प्रदेशों में कांग्रेसवादी बहुमत में पहुंचें वहां मंत्रिपद स्वीकार किए जाएं या न किए जाएं, यह बात चुनावों के बाद तय करना निश्चित हुआ। लखनऊ के बाद कांग्रेस का अधिवेशन फैजपुर में हुआ। इस अधिवेशन के अध्यक्ष भी जवाहरलाल जी ही चुने गए।

सन् 37 के चुनावों के लिए जवाहरलालजी ने जैसा देशव्यापी दौरा किया वह विस्मृत करने की वस्तु नहीं है। यह दौरा पैंतालीस हज़ार मील का हुआ और इस दौरे में नेहरू जी लगभग दो करोड़ व्यक्तियों के सम्पर्क में आए। ये चुनाव केन्द्रीय व्यवस्थापिका सभा के न होकर प्रान्तीय विधान सभाओं के थे। प्रान्तीय विधान सभाओं की 1585 सीटों में से कांग्रेस ने 1161 जगहों के लिए अपने उम्मीदवार खड़े किए जिनमें से 711 स्थान कांग्रेस को प्राप्त हुए। इसका कारण यह भी था कि उस समय अनेक सीटें ज़मींदारों, व्यापारियों, मुसलमानों, ईसाइयों, सिक्खों, यूरोपियनों आदि के लिए सुरक्षित थीं। उस समय ब्रिटिश भारत कहे जाने वाले क्षेत्र में ग्यारह प्रान्त थे। इन ग्यारह प्रान्तों में से पांच में कांग्रेस को बहुमत प्राप्त हुआ। तीन में वह सबसे बड़ा दल था। मुस्लिम लीग को, जिसने दस सालों के बाद पाकिस्तान बनवा लिया, कुल मुस्लिम मतों में से सिर्फ 4.8 प्रतिशत मत प्राप्त हो सके। इतना ही नहीं, जिन चार प्रान्तों में मुस्लिम बहुमत में थे उनमें भी किसी प्रान्त में मुस्लिम लीग इतने स्थान प्राप्त नहीं कर सकी कि उसे बहुमत मिल सके। कांग्रेस की इस विजय का श्रेय बहुत दूर तक जवाहरलालजी और उनके द्वारा तैयार किए गए कांग्रेस के घोषणा-पत्र को है, जिस घोषणा-पत्र में भूमि-सुधार की बात भी कही गई थी जो संवाद गांव-गांव तक पहुंचा था।

जैसा पहले लिखा जा चुका है, जिन प्रदेशों में कांग्रेस बहुमत में आवे उसमें कांग्रेस मंत्रिपद स्वीकार करे या न करे इस बात का निर्णय चुनाव के

बाद किया जाएगा, यह कांग्रेस ने निश्चय किया था। अब यह प्रश्न उठा। पद ग्रहण करने के पूर्व कांग्रेस ने सरकार से कुछ बातों का स्पष्टीकरण मांगा और वह स्पष्टीकरण सन्तोषजनक न होने के कारण कांग्रेस ने मंत्रिपद ग्रहण नहीं किया। परन्तु यह नीति केवल कुछ महीने ही चली और अन्त में कांग्रेस ने मंत्रिपद स्वीकार कर लिए।

इसी समय नेहरूजी ने आर्थिक योजना-सम्बन्धी समिति का निर्माण किया। परन्तु इस समिति में बातें और लेखन के सिवा कोई विशेष कार्य नहीं हो सका, हो भी न सकता था। योजनाबद्ध नवनिर्माण के कार्य का इतना बड़ा दायरा था कि वह सरकार द्वारा ही किया जा सकता था, वह भी स्वतन्त्र देश की सरकार द्वारा। सन् 38 में जो कांग्रेस अधिवेशन हरीपुर में हुआ उसके अध्यक्ष सुभाष बाबू चुने गए।

इसी बीच नेहरूजी की माता का देहावसान हुआ। इस दिनों के अथक परिश्रम और इस शोक के कारण जवाहरलालजी ने फिर से यूरोप के दौरे का कार्यक्रम बनाया। सन् 38 के जून में उन्होंने यूरोप के लिए प्रस्थान किया। यूरोप की इस यात्रा में उनका समय ज़्यादातर भारतीय स्वतन्त्रता के पक्ष में और फासिस्टवाद के विपक्ष में वायुमण्डल बनाने में व्यतीत हुआ। सन् 38 के नवम्बर में वे भारत लौटे। यहां लौटने पर उन्होंने देखा कि कांग्रेस संगठन में कांग्रेस अध्यक्ष और कांग्रेस कार्यकारिणी के गांधीवादी कहे जानेवाले सदस्यों में भारी मतभेद हो गया है। कांग्रेस का अगला अधिवेशन त्रिपुरी में था। उसके अध्यक्ष फिर से नेहरूजी हों यह गांधीजी ने प्रस्ताव रखा। जवाहरलालजी को यह किसी प्रकार भी स्वीकृत नहीं हुआ, तब गांधीजी ने मौलाना आज़ाद को अध्यक्ष बनवाना चाहा। उन्होंने भी इनकार कर दिया। अन्त में अध्यक्ष के पद के लिए गांधीजी ने डा० पट्टाभि सीतारमैया को खड़ा किया, जिनके विरोध में सुभाष बाबू फिर खड़े हुए। सुभाष चुने गए। उनके चुनाव के बाद उनकी कार्यकारिणी के गठन के सम्बन्ध में भारी विवाद उठ खड़ा हुआ। जिसके परिणामस्वरूप उन्हें अन्त में त्यागपत्र देना पड़ा। फिर से नेहरूजी को अध्यक्ष होने के लिए

कहा गया और जब उन्होंने अस्वीकार कर दिया तब राजेन्द्र बाबू ने वह पद सम्हाला।

सन् 1939 का कांग्रेस अधिवेशन रामगढ़ में हुआ, जिसके अध्यक्ष मौलाना अबुल कलाम आज़ाद चुने गए। जवाहरलालजी ने उस समय कांग्रेस के झगड़े के कारण राजेन्द्र बाबू की कार्यकारिणी में रहना अस्वीकार कर दिया था और राजेन्द्र बाबू ने उनकी जगह खाली रखी थी। मौलाना आज़ाद की कार्यकारिणी में जवाहरलाल फिर आ गए। 1939 में उन्हें चीन का निमंत्रण मिला और वे कुछ दिनों के लिए चीन गए। यहां श्री चांग काई-शेक और मदाम चांग काई-शेक से उनकी व्यक्तिगत मित्रता हो गई।

सन् 1936 की 3 सितम्बर को यूरोप का दूसरा विश्वव्यापी युद्ध छिड़ा। गांधीजी, जवाहरलाल आदि कांग्रेस के नेताओं की सहानुभूति मित्रराष्ट्रों से थी, परन्तु युद्ध के उद्देश्य स्पष्ट करने के लिए गांधीजी ने इंग्लैंड से कहा। सब प्रकार के प्रयत्न होने के बाद भी जब इंग्लैंड का कोई सन्तोषजनक उत्तर नहीं मिला, तब पहले तो प्रान्तों के कांग्रेस मंत्रिमंडलों ने त्यागपत्र दिया और तदुपरान्त गांधीजी ने व्यक्तिगत सत्याग्रह आरम्भ किया। इस समय भारत के वाइसराय थे लार्ड लिनलिथगो। इनके सम्बन्ध में नेहरूजी ने स्पष्टवादिता से लिखा है, "शरीर जितना भारी-भरकम, बुद्धि भी उतनी ही थोथी-मोटी और मन्द। पत्थर के सदृश ठोस और उसीके समान चेतनाशून्य।"

व्यक्तिगत सत्याग्रह आन्दोलन के पहले सत्याग्रही थे श्री विनोबा भावे। दूसरे सत्याग्रही नियुक्त हुए थे जवाहरलालजी। परन्तु सत्याग्रह करने के पहले ही वे गिरफ्तार कर लिए गए। उनके कई भाषणों पर मुकदमे चले और उन्हें चार वर्ष का कारावास दे दिया गया। व्यक्तिगत सत्याग्रह करने का अधिकार गांधीजी उन्हीं व्यक्तियों को देते थे जो उनके मतानुसार उनके समस्त सिद्धान्तों का व्यावहारिक आचरण करते थे। व्यक्तिगत सत्याग्रह के कोई तेरह हज़ार व्यक्ति जेल गए, पर गांधीजी ने जैसा सोचा था वैसा कोई प्रभाव इस सत्याग्रह का नहीं पड़ा।

विश्वव्यापी संग्राम में पर्ल हारबर की घटना से फासिस्ट-विरोधी भावना का फैलना आरम्भ हुआ। व्यक्तिगत सत्याग्रह बन्द कर दिया गया जवाहरलालजी और दूसरे नेता सन् 41 के दिसम्बर में छोड़ दिए गए।

सन् 42 के आरम्भ में श्री चांग काई-शेक और उनकी पत्नी भारत आए। उसके बाद ही ब्रिटिश सरकार ने सर स्टेफर्ड क्रिप्स को भारतीय समस्या को सुलझाने के लिए भारत भेजा। परन्तु जब स्टेफर्ड क्रिप्स बिना इस समस्या को सुलझाए यकायक भारत से लौटे तब गांधीजी ने 'अंग्रेज़ो, भारत छोड़ो' यह नारा बुलन्द किया।

सन् 42 के अगस्त में भारत का अन्तिम स्वतन्त्रता-संग्राम का आरम्भ हुआ। यद्यपि जवाहरलालजी शुरू में इस आन्दोलन के पक्ष में नहीं थे, पर अन्त में उन्होंने सदा के सदृश फिर गांधीजी का अनुसरण किया। 9 अगस्त को गांधीजी, जवाहरलालजी आदि सारे कांग्रेसी नेता गिरफ्तार कर लिए गए।

नेता इस आन्दोलन का संचार न कर पाए थे अतः जनता ने अपनी रुचि और भावनाओं के अनुसार यह आन्दोलन चलाया। रेलों की पटरियां उखाड़ी गईं, तार काटे गए, अनेक सरकारी कार्यालय जलाए गए, कुछ हत्याएं भी हुईं ; इतने पर भी गांधीजी ने अहिंसा की वर्षों से जो भावनाएं देशवासियों में भरी थीं उसके कारण अधिकांश में यह आन्दोलन भी इतिहास में अहिंसात्मक क्रान्ति ही कहा जाएगा। और ऐसी अहिंसात्मक क्रान्ति को कुचलने के लिए सरकार द्वारा जिस प्रकार का भीषण रोमांचकारी दमन हुआ वह काले से काले अक्षरों में भारतीय इतिहास में अंकित रहेगा।

लगभग तीन वर्ष तक सभी लोग जेलों में पड़े रहे। 1945 के आरम्भ में जब मित्रराष्ट्रों की जीत सुनिश्चित जान पड़ने लगी उस समय के भारत के वाइसराय लार्ड बेवेल ने जवाहरलालजी तथा अन्य कांग्रेस नेताओं को छोड़ दिया और फिर से भारतीय समस्या के हल करने का प्रयत्न शुरू हुआ। इस प्रयत्न में इसलिए जान आ गई कि बीच इंग्लैंड के आम चुनाव में वहां मज़दूर दल की जीत हुई। इस सरकार ने घोषणा की कि भारत में जाड़ों में केन्द्रीय तथा प्रान्तीय चुनाव होंगे, जिनके तुरन्त बाद प्रान्तों में नई सरकारें गठित

होंगी, यथासंभव भारत का नया शासन-संविधान बनाने के लिए संविधान सभा निर्मित की जाएगी और वाइसराय की कार्यकारिणी भारत के प्रमुख राजनैतिक दलों की सलाह से पुनर्गठित होगी। सन् 1945 के जाड़ों में भारत में नया चुनाव हुआ। प्रायः सन् 1937 के घोषणा-पत्र के आधार पर ही कांग्रेस ने इस चुनाव को लड़ा। मुस्लिम लीग ने पाकिस्तान की मांग पर चुनाव लड़े। कांग्रेस की जीत ग्यारह प्रान्तों में से आठ प्रान्तों में हुई, जहां कांग्रेस ने मंत्रिमंडल बनाए। बंगाल और सिंध में मुस्लिम लीग के मंत्रिमंडल बने। पंजाब में कांग्रेस की मदद से यूनियनिस्ट नामक दल का मंत्रिमंडल निर्मित हुआ। वाइसराय की कार्यकारिणी के पुनर्गठन और संविधान सभा के निर्माण की पृष्ठभूमि तैयार हो गई। और आगे के कार्य के निमित्त लंदन से तीन महानुभावों का शिष्टमंडल भारत आया। इस शिष्टमंडल के अध्यक्ष थे लार्ड पैथिक लारेन्स, तथा सदस्य थे सर स्टेफर्ड क्रिप्स और श्री ए० बी० एलेक्ज़ेण्डर।

इस बीच काश्मीर में शेख अब्दुल्ला पर बगावत का एक मुकदमा चला। जवाहरलालजी शेख साहब की सहायता के लिए काश्मीर पहुंचे। उनके काश्मीर-प्रवेश पर वहां के महाराजा ने प्रतिबंध लगाया और जब नेहरूजी ने इस प्रतिबंध की अवहेलना की तब उन्हें गिरफ्तार कर लिया गया। काश्मीर के ब्रिटिश रेज़ीडेंट की मार्फत वाइसराय ने दखल देकर जवाहरलालजी को छुड़वाया, क्योंकि उस समय की दिल्ली की राजनैतिक चर्चा बहुत महत्त्व की थी, जिसमें नेहरूजी का उपस्थित रहना अनिवार्य था।

लार्ड पैथिक लारेन्स ने जो योजना रखी उसके दो अंग थे—एक दीर्घकालीन योजना और दूसरी अल्पकालीन योजना। दीर्घकालीन योजना भारतीय संघ की स्थापना से संबंध रखती थी और अल्पकालीन योजना अन्तरिम सरकार की स्थापना से। परन्तु दोनों की व्याख्या में जिन वाक्यों और शब्दों का उपयोग हुआ था उनपर कांग्रेस को आपत्ति थी। गांधीजी ने दोनों को अस्वीकृत करने की सम्मति दी। परन्तु अन्ततोगत्वा कांग्रेस की कार्यकारिणी ने अल्पकालीन योजना अस्वीकृत कर दीर्घकालीन योजना स्वीकृत कर ली। मुस्लिम लीग ने भी यही किया। लार्ड पैथिक लारेन्स का यह शिष्टमंडल अन्तरिम सरकार को

निर्मित किए बिना जून के अन्त में वापस लौट गई।

इसी अवसर पर सन् 1940 के बाद कांग्रेस के संस्थागत चुनाव हुए। गांधीजी ने घोषणा की कि जिस वक्त अंग्रेज़ो से भारतीयों के हाथ में शासन करने की बातचीत चल रही है, उस समय जवाहरलाल के सिवा अन्य किसीका कांग्रेस अध्यक्ष होना संभव नहीं। अतः जवाहरलालजी पुनः कांग्रेस अध्यक्ष चुन लिए गए।

इस चुनाव के कुछ समय बाद वाइसराय ने देश की सर्वप्रमुख राजनैतिक संस्था के अध्यक्ष के नाते जवाहरलालजी को भारत की अन्तरिम सरकार बनाने के लिए आमंत्रित किया, परन्तु उस समय नेहरूजी ने उसे अस्वीकृत कर दिया। इतने पर भी चर्चाएं चलती रहीं और सितंबर के आरम्भ में जवाहरलालजी के नेतृत्व में अन्तरिम सरकार बनी। मुस्लिम लीग ने इसका बायकाट किया।

देश में साम्प्रदायिकता का ज़हर पूर्णरीति से फैल चुका था। लीग ने सीधी कार्यवाही की घोषणा की, जिसके फलस्वरूप कई जगह दंगे हुए। कलकत्ते का दंगा तो चार दिन चला, जिसमें चार हज़ार व्यक्ति मारे गए और हज़ारों घायल हुए। यह बर्बरता बंगाल के पड़ोसी प्रांत बिहार में पहुची, बिहार से नोआखाली। नोआखाली में जो कुछ हुआ उसका गांधीजी के मन पर इतना प्रभाव पड़ा कि 1946 में उन्होंने नोआखाली की ऐतिहासिक पद-यात्रा की। इन दंगों की रिपोर्ट देते हुए नेहरूजी ने केन्द्रीय व्यवस्थापिका सभा में कहा, “जान पड़ता है कि दोनों फिरकों में हत्या और हैवानियत में होड़-सी लग गई है।”

लीग ने अन्तरिम सरकार का बहिष्कार कर रखा था। पर जब श्री जिन्ना ने देखा कि लम्बे समय तक इस बायकाट का यह असर हो सकता है कि केन्द्र की शक्ति पर सदा के लिए कांग्रेस का एकछत्र राज्य हो जाएगा और पाकिस्तान तक न बन सकेगा तब अक्तूबर के मध्य में मुस्लिम लीग के भी पांच सदस्य अन्तरिम सरकार में सम्मिलित हो गए।

किन्तु इससे समस्या स्थायी तौर पर हल न हो सकी। और इंग्लैंड के प्रधान मंत्री श्री एटली ने वाइसराय, कांग्रेस, मुस्लिम लीग और सिक्खों के

प्रतिनिधियों को बात करने के लिए लन्दन आमंत्रित किया। जवाहरलालजी भी लन्दन गए। लन्दन में चार दिन तक बातचीत चली, पर गतिरोध मिट न सका। तब ब्रिटिश मंत्रिमंडल ने एक वक्तव्य दिया जिसमें समस्या के हल के लिए पाकिस्तान की योजना का स्पष्ट संकेत था। गांधीजी और कांग्रेस को उस समय पाकिस्तान किसी भी शर्त पर स्वीकार न था।

लंदन की इस बातचीत के कुछ दिन बाद संविधान सभा के प्रतिनिधियों का चुनाव हुआ जिसमें कांग्रेस का स्पष्ट बहुमत था। संविधान सभा की बैठक बुलाई गई, जिसका मुस्लिम लीग ने बायकाट किया। इसी बीच दिल्ली में जवाहरलालजी ने एशिया के देशों का एक सम्मेलन किया। अपने ढंग का यह सम्मेलन निराला था।

सन् 1947 की 20 फरवरी को इंग्लैंड के हाउस आफ कामन्स में प्रधान मंत्री एटली ने घोषणा की कि चाहे कैसी भी परिस्थिति हो जून 1948 तक सत्ता हस्तान्तरित कर दी जाएगी। और यदि मुस्लिम लीग संविधान सभा में भाग न लेगी तो सत्ता केन्द्रीय सरकार को अथवा प्रान्तीय सरकारों को किसी भी समुचित रीति से हस्तान्तरित होगी जिसका स्पष्ट अर्थ था भारत विभाजन।

अब लार्ड माउंटबेटन भारत के वाइसराय नियुक्त हुए, पर उनकी नियुक्ति के बाद उनके भारत-आगमन में लगभग एक महीना लग गया। इसी बीच बंगाल और बिहार के बाद सीधी कार्यवाही पंजाब पहुंची। वहां भी लोमहर्षक हत्याकांड हुआ।

सन् 1947 के मार्च में लार्ड माउंटबेटन के भारत आने पर पुनः सत्ता के हस्तांतरित करने की चर्चा शुरू हुई। माउंटबेटन महात्मा गांधी, श्री जिन्ना, जवाहरलाल, लियाकत अली खां और सरदार पटेल से पृथक् पृथक् मिले और खूब खुलकर चर्चा की। आरम्भ से ही वे सबसे अधिक आकर्षित जवाहरलाल के प्रति हुए, जो आकर्षण जवाहरलालजी के अंतिम समय तक बना रहा।

इन चर्चाओं का नतीजा आखिर कांग्रेस द्वारा भी पाकिस्तान की स्वीकृतिं में निकला। लार्ड माउंटबेटन ने घोषणा की कि जून सन् 48 में नहीं, परन्तु

15 अगस्त, 1947 को भारत का विभाजन हो दो अधिराज्यों को यह सत्ता हस्तांतरित कर दी जाएगी और जहां तक देशी राज्यों का संबंध है उन्हें इस बात का अधिकार होगा कि वे इन राज्यों में से किसी में भी सम्मिलित हों अथवा स्वतन्त्र रहें।

पन्द्रह अगस्त, सन् 1947 के स्वतन्त्रता-दिवस के दूसरे दिन उत्तराधिकार का संग्राम फिर से शुरू हुआ; इस बार पिछली सीधी कार्यवाही से कहीं अधिक भयानक रूप में। यह रणक्षेत्र फिर भी बंगाल और पंजाब ही रहे। दिल्ली तक इस युद्ध में सम्मिलित हो गई। पर हम अब इस गृहयुद्ध की बात छोड़ चौदह अगस्त की अर्द्ध रात्रि की ओर आते हैं जो संस्मरण इस हाहाकार की अपेक्षा कहीं अधिक ऐतिहासिक महत्त्व का है।

रात्रि शांति और स्वप्नों की जननी है। उसकी शीतल छाया में मानव प्रायः हर प्रकार की पीड़ाओं और चिन्ताओं को विस्मृत कर देता है। उसके आंचल में उसे अपने समस्त संघर्षों एवं द्वन्द्वों से मुक्ति मिल जाती है। उसके मन पर भविष्य की आकांक्षाएं चित्रित होती हैं और वर्तमान की भग्न अमूर्त अशाएं पुनः जीवित तथा फलित होने लगती हैं। युग-युगांतरों से रात्रि के आगमन के आभासमात्र पर मनुष्य अपने भयानक से भयानक संघर्षों एवं-युद्धों को बंद कर देते हैं। इसी रात्रि के वक्ष में बैठे हुए भारत ने भी अंग्रेज़ों के विरुद्ध अपने संघर्ष को समाप्त कर दिया। संसद भवन और उसके चारों ओर का क्षेत्र बिजली के प्रकाश से जगमगा रहा था। भवन के बाहर इतनी भीड़ एकत्रित हो गई थी कि तिल मात्र रखने को स्थान न था। भवन के भीतर के प्रधान झालय में संसद सदस्य एकत्रित थे। सारा आलय श्वेत बिजली के प्रकाश से जगमग कर रहा था। इस प्रकाश ने अधिकांश सदस्यों की श्वेत खादीमय पोशाक को और अधिक द्युतिवन्त बना दिया था। मंच पर स्वतन्त्र भारत के प्रथम गवर्नर जनरल लार्ड माउंटबेटन, उनकी पत्नी लेडी माउंटबेटन, संविधान सभा के अध्यक्ष डा० राजेन्द्र प्रसाद और भारत के प्रथम प्रधान मन्त्री पं० जवाहरलाल नेहरू थे।

14 अगस्त की मध्य रात्रि में कुछ सेकंड शेष थे। भारत के भूत और भावी राजनायक जवाहरलाल नेहरू संविधान सभा में उठे और अपनी ओजस्वी वाणी में उन्होंने सभा से कहा। शायद ऐसी ओजस्वी वाणी उनकी विरल अवसरों पर ही मुखरित हुई थी। वे बोले, "बहुत वर्ष हुए हमने भाग्य से जो वक्त मुकर्रर किया था वह अब आ गया है, जब हम अपनी प्रतिज्ञा को यदि पूरी तरह नहीं तो भी बहुत हद तक पूरा करेंगे। जब आधी रात का घंटा बजेगा और दुनिया सोती होगी तब भारत स्वतंत्र होकर नई ज़िन्दगी हासिल करेगा। इतिहास में ऐसा क्षण कभी-कभी ही आता है जब हम प्राचीनता से नवीनता की ओर कदम बढ़ाते हैं; जब एक ज़माना खतम होकर लम्बे अरसे से दबाई गई राष्ट्र की आत्मा मुखरित होती है। ऐसे गंभीर मौके पर हम भारत, भारत की जनता और उससे भी बढ़कर मानवता की सेवा के लिए सब कुछ न्योछावर करने की प्रतिज्ञा करते हैं। यह भविष्य आराम और विश्राम का नहीं, वरन अनेक बार ली गई प्रतिज्ञाओं और आज ली जानेवाली प्रतिज्ञा को पूरा करने के लिए लगातार कोशिश करने का है। भारत की सेवा का मतलब करोड़ों पीड़ितों की सेवा है। इसका मतलब है गरीबी, अशिक्षा, रोग और अवसर की असमानता का खात्मा। हमारी पीढ़ी के सबसे बड़े आदमी (गांधी) की आकांक्षा थी कि हर आंख का आंसू पोंछ दिया जाए ! शायद यह हमारी ताकत के बाहर हो, लेकिन जब तक आंसू और वेदना रहेगी तब तक हमारा काम पूरा नहीं होगा। जिस भारतीय जनता के हम नुमाइंदे हैं उससे हम अपील करते हैं कि वह हमें विश्वास और भरोसे के साथ इस महान काम में सहयोग दे। यह वक्त ओछी और नुकसानदेह आलोचना का नहीं है और न दूसरों की बुराई और नुकताचीनी का। हमें स्वतन्त्र भारत की ऐसी आलीशान इमारत बनाना है, जिसमें भारत के हर बच्चे के रहने की जगह हो।"

नेहरूजी के लिए स्वतन्त्रता अन्तिम पड़ाव न था। यह भावी भारत के निर्माण का सबसे बड़ा साधन था और भारत के निर्माण के साथ ही विश्व के मार्ग दर्शन का। इस समय उनकी अवस्था 58 वर्ष की थी। इन 58

वर्षों में आरम्भिक लगभग 30 वर्ष समाप्त हुए थे बहुत दूर तक अपने स्वयं के निर्माण में, शेष 27-28 वर्ष बीते थे राजनैतिक संघर्ष में, जिनमें से लगभग दस वर्ष व्यतीत हुए थे नौ बार के कारावास में। आज भारत के साथ ही उनके जीवन का एक नया अध्याय आरम्भ हो रहा था, जिससे भारत के साथ ही विश्व का भी कम संबंध न था।

प्रधानमंत्री

जब अंतरिम सरकार में जवाहरलालजी उस सरकार के नेता थे तब यह एक मानी हुई बात थी कि स्वतन्त्र भारत की सरकार के प्रधानमंत्री वे ही होंगे।

भारत के स्वतन्त्र होते ही लार्ड माउंटबेटन ने पं० जवाहरलाल को अपना मंत्रिमंडल गठित करने के लिए आमंत्रित किया और जवाहरलालजी ने मंत्रिमंडल की सूची लार्ड माउंटबेटन को दी। उस सूची में उपप्रधानमंत्री सरदार वल्लभभाई पटेल बनाए गए। यह उल्लेखनीय है कि सरदार पटेल के बाद जवाहरलालजी की मृत्यु तक और उसके बाद अभी भी कोई उपप्रधानमंत्री नियुक्त नहीं हुआ है।

यहां एक और मनोरंजक बात उल्लेख योग्य है, जिससे स्वतंत्रता के कारण जवाहरलालजी कितने उमंग में थे इसका पता लगता है। लार्ड माउंटबेटन को अपने मंत्रिमंडल की सूची का जो लिफाफा नेहरूजी ने दिया, और जिन्हें दूसरे दिन प्रातःकाल मंत्रित्व की शपथ लेनी थी, उनके नामों की सूची लिफाफे में नहीं थी, लिफाफा खाली था। सूची उन्हें बाद में भेजी गई।

इस प्रकार स्वाधीन भारत का कार्य आरम्भ हुआ। परन्तु यह विजय महान वेदना से भरी हुई थी। वेदना थी भारत के विभाजन की और स्वाधीनता के साथ जो भीषण रक्तपात हुआ था उसकी। जिनसे हमें स्वतन्त्रता प्राप्त हुई थी, उनसे लड़ने में तो एक बूंद खून भी न बहा था। गांधीजी के प्रताप से संसार के इतिहास में यह एक सर्वथा नवीन घटना थी कि राज्यसत्ता बिना

खून बहाए बदल जाए। पर इसीके साथ हिन्दू-मुस्लिम वैमनस्य के कारण जो रक्तपात हुआ था उसकी भीषण घटनाएं भी अभूतपूर्व थीं।

नौ वर्ष के बाद नेहरूजी ने अपनी एक मुलाकात में उनके राजनैतिक जीवन-चरित्र लेखक श्री माइकल ब्रीचर से विभाजन-सम्बन्धी जो विचार व्यक्त किए वे ध्यान देने योग्य हैं। उन्होंने कहा, "घटनाओं ने हमें विभाजन के लिए लाचार कर दिया था। जो कुछ हो रहा था उसकी वजह से हमारी यह राय बन गई थी कि जिस रास्ते पर हम चल रहे थे उससे गत्यवरोध खत्म नहीं होगा। हालत बराबर बदतर होती गई, इसलिए हमें यह भी महसूस हुआ कि अगर हमने उस पृष्ठभूमि में स्वाधीनता हासिल भी कर ली तो स्वतंत्र भारत कमज़ोर ही होगा।...बड़े भारत में विघटनकारी खींचतान बनी ही रहेगी। फिर यह बात भी थी, आज़ादी हासिल करने का हमें कोई दूसरा रास्ता निकट भविष्य में दिखाई भी न दे रहा था इसलिए हमने विभाजन मंजूर कर लिया और सोचा कि हम भारत को सशक्त बनाएंगे। अगर दूसरे नहीं चाहते थे कि वे भारत में रहें तो हम उन्हें ज़बरदस्ती रख भी कैसे सकते थे।"

स्वतन्त्र भारत में गांधीजी का कोई राजनैतिक पद नहीं था, परन्तु बिना किसी पद पर आसीन रहे उनका जो स्थान था वह आज तक के मानव-इतिहास में शायद भगवान कृष्ण को छोड़ कभी भी किसी अन्य व्यक्ति का नहीं रहा। सन् 1920 में स्वतन्त्रता-संग्राम के संचालन की बागडोर को अपने हाथ में लेने के बाद उस युद्ध के सभी प्रमुख नेताओं का निर्माण गांधीजी ने किया था। ये सभी केवल सार्वजनिक कार्यों में ही नहीं, अपनी व्यक्तिगत बातों तक में गांधीजी की राय लिया करते थे। सभीका अभ्यास-सा हो गया था कि जब कभी कोई विवादग्रस्त मामला उपस्थित हो तब गांधीजी के पास दौड़ना और उनसे उसे हल कराना। जवाहरलालजी के प्रधानमंत्री होने के बाद भी यह आदत नहीं छूटी। 1947 में उन्होंने गांधीजी को एक पत्र में लिखा है, "मैं जानता हूं कि हमें अपने-आप पर निर्भर रहने की आदत डालनी चाहिए और हर मौके पर मदद के लिए

आपके पास नहीं दौड़ना चाहिए, लेकिन हमारी यह आदत ही हो गई है।"

सन् 47 की पन्द्रह अगस्त को गांधीजी दिल्ली में नहीं थे, वे दिल्ली सितम्बर के आरम्भ में लौटे। दिल्ली में साम्प्रदायिक तनाव चल रहा था अतः गांधीजी ने घोषणा की कि जब तक मुसलमान दिल्ली की सड़कों पर आज़ादी से घूम-फिरन सकेंगे तब तक वे अनशन करेंगे। नेहरूजी ने भी गांधीजी के साथ उपवास आरम्भ किया। गांधीजी अब तक अनेक अनशन कर चुके थे, पर जवाहरलालजी का यह पहला अनशन था। परन्तु गांधीजी की इच्छा के कारण नेहरूजी को अपना अनशन तोड़ना पड़ा। सदा के सदृश गांधीजी के इस अनशन का भी देशव्यापी प्रभाव पड़ा। दिल्ली के सब समुदायों ने हर प्रकार की हिंसा त्याग शांति स्थापना की शपथ ली और भारत की जिस राजधानी में सारे सरकारी प्रयत्नों के बावजूद शांति नहीं हो रही थी, वहां एकदम शांति हो गई।

इस अनशन के बीच एक उल्लेखनीय घटना और हुई। विभाजन की शर्तों के अनुसार भारतवर्ष को पाकिस्तान को पचपन करोड़ रुपये की राशि देनी थी। इन साम्प्रदायिक झगड़ों के कारण भारत सरकार ने उस रकम की अदायगी स्थगित कर दी। जब गांधीजी को यह मालूम हुआ तब वे स्तब्ध-से रह गए, क्योंकि उनकी दृष्टि में भारत सरकार के इस कार्य का समर्थन किसी भी नैतिक दृष्टि से नहीं किया जा सकता था। अब गांधीजी ने यह अनशन आमरण घोषित कर दिया और भारत सरकार को उसके कारण की सूचना भेज दी। जीवन-भर जिस व्यक्ति ने विदेशी सरकार के विरुद्ध अनशन किए थे, उसने नैतिकता के स्तर पर अपनी सरकार के विरुद्ध भी अनशन करने से मख नहीं मोड़ा। मन्त्रिमंडल के चार सदस्य भारत सरकार के निर्णय का औचित्य सिद्ध करने उनके पास भेजे गए, जिनमें जवाहरलाल और पटेल भी थे। इस मन्त्रिमंडल के तर्कों का गांधीजी ने कोई उत्तर न दिया और वे चुपचाप लेटे रहे। कुछ देर बाद जब सरदार पटेल ने फिर कुछ कहना आरम्भ किया तब गांधीजी उठकर बैठ गए। उनकी आंखों से अश्रुधारा बह रही थी। पटेल से उन्होंने इतना ही कहा, "तुम

अब वह सरदार नहीं रहे, जिससे कभी मेरा सम्बन्ध था।" गांधीजी फिर लेट गए। और यह मुलाकात एकाएक खत्म हो गई। दूसरे दिन प्रातःकाल जवाहरलाल ने घोषणा कर दी कि पाकिस्तान को जो रकम देनी है तत्काल दे दी जाएगी।

इसके बाद काश्मीर का भारत में विलयन हुआ और पाकिस्तान का काश्मीर पर आक्रमण। काश्मीर ने भारत से सैनिक सहायता मांगी। सदा के सदृश जवाहरलालजी दौड़े गांधीजी की सलाह के लिए। अहिंसा के अवतार महात्मा ने तत्काल सलाह दी काश्मीर को सैनिक सहायता देने की।

30 जनवरी का वह दिन आ रहा था जब गांधीजी को इस लोक से विदा होना था। 30 जनवरी की संध्या को प्रार्थना-सभा में जाने के कुछ पूर्व सरदार पटेल उनसे मिले। सरदार पटेल से उनकी जो बात हुई उसका पता बाद में लगा। पटेल से गांधीजी ने अपनी मृत्यु के कुछ समय पहले ही यह वचन लिया कि वे कभी जवाहरलाल का विरोध न करेंगे, उनसे कोई झगड़ा न करेंगे और उनका समर्थन करेंगे। 30 जनवरी को प्रार्थना-सभा में जिस प्रकार गांधीजी की हत्या हुई उस विषय में यहां कुछ लिखना निरर्थक है। एक ही बात उल्लेखनीय है, उनके शव के सामने लार्ड माउंटबेटन ने जवाहरलाल और पटेल दोनों से कहा, गांधीजी की इच्छा थी, आप दोनों में सदा मेल रहे। दोनों ने महात्माजी के शव की ओर देखा और एक-दूसरे से लिपट गए।

स्वतन्त्र भारत की नव निर्मित सरकार का मुख्य अवलम्ब चला गया। इसके बाद सरदार पटेल तीन वर्ष जीवित रहे। उनके और जवाहरलालजी के मतभेदों का वृत्त सभीको ज्ञात है, परन्तु इन मतभेदों के बावजूद सरदार पटेल ने कभी भी नेहरूजी का विरोध नहीं किया; सदा उनका समर्थन किया। जब तक वे जीवित रहे नेहरू और सरदार के सहयोग से सारा सरकारी कार्य चला। यथार्थ में दोनों एक-दूसरे के पूरक थे। सरदार पटेल द्वारा छः सौ देशी रियासतों का जिस प्रकार भारत में विलयन हुआ; त्रावणकोर, जूनागढ़ और हैदराबाद जिस प्रकार भारत संघ में सम्मिलित किए गए,

वह सारे संसार के इतिहास का अनूठा अध्याय है। इसी बीच गांधीजी के एक और महान शिष्य डा० राजेन्द्रप्रसादजी की अध्यक्षता में स्वतन्त्र भारत के संविधान बनानेवाली संविधान सभा कार्यरत थी। तीन वर्ष में संविधान बना। सन् 50 की 26 जनवरी को भारत का यह नया संविधान लागू किया गया। यह 26 जनवरी वही तिथि थी जिस दिन भारत को स्वतन्त्र करने के लिए सन् 30 में कांग्रेस के सैनिकों ने पहली बार प्रतिज्ञा-पत्र पढ़ा था। डा० राजेन्द्रप्रसाद प्रथम राष्ट्रपति निर्वाचित हुए, यद्यपि इसके पूर्व लार्ड माउंटबेटन के स्थान पर श्री चक्रवर्ती राजगोपालाचार्य भारत के गवर्नर जनरल हो चुके थे। जवाहरलाल नेहरू की सरकार चल रही थी। स्वतंत्र भारत के प्रथम प्रधानमन्त्री के रूप में जवाहरलाल आए और मृत्यु तक वे ही प्रधानमंत्री रहे। इन सोलह-सत्रह वर्षों में उन्होंने जो कुछ किया उसपर अब हम विहंगम दृष्टि डालते हैं।

सर्वप्रमथम तो हमें यह कहना है कि जवाहरलाजी के प्रधानमंत्री की हैसियत से किए हुए कार्य उन्हीं आधारभूत सिद्धांतों पर हुए, जिनपर उनका स्वतन्त्रता के पूर्व ही अडिग विश्वास हो गया था। प्रजातन्त्र, समाजवादी रचना और विश्व से शांति पूर्ण तटस्थतावादी सह-अस्तित्व के प्रयत्न उनके प्रधानमंत्रित्व के तीन प्रधान अंग रहे। साथ ही उन्होंने कांग्रेस संगठन पर भी अत्यधिक ध्यान रखा, जिस दल के नेता होने के कारण वे प्रधानमंत्री हुए थे और जिस कांग्रेस से उनका लगभग पचास वर्ष का सम्बन्ध था।

प्रधानमंत्रित्व और कांग्रेस संगठन

अंतरिम सरकार का नेतृत्व सम्हालने के समय जवाहरलालजी ही कांग्रेस अध्यक्ष थे जिसका उल्लेख पहले किया जा चुका है। परन्तु वे अन्तरिम सरकार के नेतृत्व-पद पर रहें और कांग्रेस अध्यक्ष भी, यह गांधीजी को उपयुक्त न जान पड़ा; नेहरूजी को भी नहीं। अतः अंतरिम सरकार का नेतृत्व सम्हालते ही उन्होंने कांग्रेस की अध्यक्षता से त्यागपत्र

दे दिया था। उनके त्यागपत्र देने के पश्चात् आचार्य श्री जे० बी० कृपलानी कांग्रेस के मेरठ अधिवेशन के अध्यक्ष हुए। दो वर्ष बाद जब कांग्रेस का अधिवेशन सन् 1948 में जयपुर में हुआ तब उसके अध्यक्ष चुने गए डा० पट्टाभिसीतारमैया और जयपुर के बाद नासिक कांग्रेस अधिवेशन में सन् 1950 में राजर्षि पुरुषोत्तमदासजी टंडन, कांग्रेसाध्यक्ष निर्वाचित हुए। सरदार वल्लभभाई पटेल उस समय तक जीवित थे और टण्डनजी की सफलता में सरदार का सबसे अधिक हाथ था। जवाहरलालजी के अंतरिम सरकार के नेता होने पर भी उनका ध्यान कांग्रेस संगठन की ओर रहता था, परन्तु सरदार पटेल के जीवित रहने तक संगठन पर दोनों का अर्थात् नेहरूजी और संरदार का प्रभुत्व था। टंडनजी के सभापति-निर्वाचन पर देश के सभी राजनैतिक दलों ने हर्ष प्रकट किया; इनमें कुछ सांप्रदायिक संस्थाएं भी थीं। नेहरूजी ने टंडनजी का समर्थन नहीं किया था और टंडनजी के सभापति निर्वाचित होने पर कुछ सांप्रदायिक संस्थाओं की सहानुभूति से वे एकदम बिगड़ पड़े, यहां तक कि अपने एक सार्वजनिक वक्तव्य में यह कह डाला कि ऐसा व्यक्ति कांग्रेस का अध्यक्ष चुना गया है जिसके चुनाव पर सांप्रदायिक संस्थाएं हर्ष व्यक्त करती हैं। टंडनजी कभी किसी सांप्रदायिक संस्था में नहीं रहे थे। स्वतंत्रता के समस्त आन्दोलनों में उनका प्रमुख भाग रहा था। जब उन्होंने उत्तर प्रदेश की विधान सभा का अध्यक्ष पद छोड़ा था उस समय विधान सभा के मुस्लिम सदस्यों ने भी उन्हें श्रद्धांजलि अर्पित करते हुए उनकी भूरि-भूरि प्रशंसा की थी। अतः कांग्रेस अध्यक्ष-पद पर टण्डनजी के चुने जाने पर यदि कुछ सांप्रदायिक संस्थाएं उनके चुनाव पर हर्ष प्रकट करें तो इसमें टण्डनजी का कोई दोष नहीं हो सकता। टण्डनजी की अध्यक्षता में कांग्रेस का अधिवेशन नाभिक में हुआ। कुछ सैद्धांतिक मामलों पर कांग्रेस की राय व्यक्त कराने की गरज से इस अधिवेशन में नेहरूजी ने कुछ प्रस्ताव उपस्थित किए, जो सर्वसम्मत से स्वीकृत हुए। इतने पर भी नेहरूजी को संतोष हो गया ऐसा नहीं जान पड़ता था। अध्यक्ष की हैसियत से टण्डनजी को अपनी कार्यकारिणी गठित करने का अधिकार

था। टण्डनजी श्री रफी अहमद किदवई को पसन्द नहीं करते थे अतः उन्होंने श्री किदवई को कार्यकारिणी में न रखने का निश्चय किया। इसपर नेहरूजी ने भी उनकी कार्यकारिणी में आने से इंनकार कर दिया, परन्तु फिर मौलाना आज़ाद के समझाने पर वे और मौलाना दोनों टण्डनजी की कार्यकारिणी के सदस्य हो गए। मैं भी उस समय टण्डनजी की कार्यकारिणी का एक सदस्य था और मैंने देखा कि कार्यकारिणी के सदस्य होने पर भी टण्डनजी की और नेहरूजी की पटरी नहीं बैठ रही है। इसी बीच सरदार पटेल का देहावसान हो गया। अब जवाहरलालजी के मुकाबिले का कांग्रेस में कोई दूसरा नेता नहीं रहा। उन्होंने टण्डनजी को अपनी कार्यकारिणी का पुनर्गठन करने के लिए कहा और जब टण्डनजी ने यह स्वीकार न किया तब उन्होंने टण्डनजी की कार्यकारिणी से त्यागपत्र दे दिया। कांग्रेस का बहुमत नेहरूजी के साथ था। अतः टण्डनजी ने स्वयं अध्यक्ष-पद से त्यागपत्र दे अखिल भारतीय कांग्रेस कमेटी की दिल्ली में बैठक बुलाई। इस बैठक में टण्डनजी का त्यागपत्र स्वीकृत होकर प्रधान मंत्री होते हुए भी नेहरूजी सन् 1951 में सितम्बर में कांग्रेस के अध्यक्ष चुने गए।

कांग्रेस अध्यक्ष का पद बड़ा है या प्रधान मंत्री का, और दोनों में किस प्रकार सामंजस्य स्थापित हो सकता है, यह प्रश्न कांग्रेस को सरकार गठित होने के पश्चात् हल न हो पाया था। एक न एक विवाद सदा उठता रहता था। इसी कारण कृपलानीजी और टण्डनजी दोनों ने कांग्रेस अध्यक्ष-पद से त्यागपत्र दिया था। नेहरूजी के अध्यक्ष होने से इस विवाद की समाप्ति हो गई और सरकार के साथ कांग्रेस संगठन भी पूर्ण रीति से नेहरूजी के हाथ में आ गया।

जवाहरलालजी सन् 51 से 55 तक कांग्रेस के अध्यक्ष रहे, परन्तु उन्हें महसूस हुआ कि प्रधानमंत्री और कांग्रेस की अध्यक्षता दोनों का कार्य एक व्यक्ति के लिए बहुत अधिक होता है अतः वह दोनों काम सुचारु रूप से नहीं चला सकता। जवाहरलालजी के परामर्श पर सन् 55 में श्री ढेबर भाई कांग्रेस के अध्यक्ष हुए जिस पद पर वे तीन बार चुने गए। उनके बाद कुछ

महीने के लिए सन् 1959 में श्रीमती इंदिरा गांधी कांग्रेस की अध्यक्षा चुनी गईं। उनके पश्चात् सन् 1960 में श्री संजीव रेड्डी, उनके बाद सन् 1963 में श्री संजीवैया और तदुपरान्त सन् 1964 में श्रीकामराज नाडर। परन्तु कांग्रेस का अध्यक्ष चाहे कोई भी रहा हो, जिस प्रकार गांधीजी के समय कांग्रेस पर गांधी का आधिपत्य रहा, उसी तरह इस काल में नेहरूजी का। एक बार गांधीजी और सुभाष बाबू में मतभेद हुआ था और सुभाष बाबू को कांग्रेस की अध्यक्षता से त्यागपत्र देना पड़ा था। उसी प्रकार कृपालानीजी और टण्डनजी से जवाहरलालजी की पटरी न बैठी और इन दोनों को भी कांग्रेस के अध्यक्ष-पद से हटना पड़ा। मृत्यु पर्यन्त सरदार पटेल के बाद जवाहरलालजी का कांग्रेस संगठन पर भी एकाधिपत्य रहा है। संगठन की ओर उनकी सदा प्रधान दृष्टि रही। मजबूत सरकार के लिए वह अनिवार्य भी था। गांधीजी का सुभाष बाबू से और नेहरूजी का टण्डनजी से यह संघर्ष यथार्थ में विचारधाराओं का संघर्ष था। व्यक्तिगत दृष्टि से गांधीजी के मन में सुभाष बाबू का अधिक से अधिक सम्मान रहा और जवाहरलालजी के मन में टण्डनजी का।

आम चुनाव

प्रजातन्त्र के सम्बन्ध में सन् 1951-52 के चुनाव पहली बड़ी कसौटी थे। नये संविधान के अनुसार बालिग मताधिकार पर देश के केन्द्रीय और प्रांतीय चुनाव हुए। संसार के इतिहास में इतने अधिक मतदाताओं ने कहीं भी प्रजातन्त्र के चुनाव नहीं किए थे। स्वतन्त्र भारत के समस्त देशी राज्यों का विलयन हो चुका था अतः ये चुनाव समस्त भारत में हुए। सोलह करोड़ मतदाता, जिनमें नब्बे फीसदी अक्षरज्ञान से भी रहित; आधी महिलाएं, जिनमें सत्तानब्बे फीसदी अशिक्षित। प्रजातन्त्र के किसी भी ज्ञान और गुणगरिमा से सर्वथा अपरिचित व्यक्तियों ने इस चुनाव में भाग लिया। मतदाताओं में से पचास प्रतिशत से भी अधिक मतदाता मतदान के लिए आए और सुदूर गांवों के मतदान-केन्द्रों में जाकर अपने मत दिए। जिन

शिक्षित देशों में प्रजातन्त्र वर्षों नहीं, युगों से चल रहा है उनमें भी मतदान करनेवाले मतदाताओं का अनुपात इससे अधिक नहीं आता। सारा चुनाव पूर्ण शांति से निपटा और इस सफल चुनाव का श्रेय बहुत दूर तक जवाहरलाल को है। उनके दौरे, चुनाव की सभाओं में लाखों व्यक्तियों के बीच उनके भाषण, इस देश में ये दृश्य अभूतपूर्व थे। इसके पहले भी भारत में चुनाव हुए, चुनाव में नेहरूजी के दौरे भी हुए थे। सन् 37 के चुनाव के उनके दौरों का पहले उल्लेख भी हो चुका है, परन्तु उन चुनावों में और इस चुनाव में अन्तर था। इसके पूर्व जो चुनाव हुए थे उन चुनावों में मतदाताओं की संख्या बहुत थोड़ी थी, क्योंकि उन मतदाताओं की योग्यता उनके पास किसी प्रकार की संपत्ति का होना था। सन् 1951-52 के मतदाताओं की केवल एक योग्यता रखी गई थी, उनका 21 वर्ष का होना। इसके सिवा वे चुनाव केवल ब्रिटिश भारत कहे जानेवाले क्षेत्र में हुए थे, देशी रियासतों में नहीं। चुनाव का जो फल निकला उसके अनुसार केन्द्रीय लोक सभा में कांग्रेस दल प्रचण्ड बहुमत में पहुंचा और उसकी ही सरकार बनी। साथ ही केरल को छोड़ समस्त राज्यों में भी कांग्रेस का ही बहुमत रहा। इसके बाद दो आम चुनाव और हुए और वे भी प्र थम चुनाव के सदृश ही। तीनों चुनाव में संसद में कांग्रेस का लगभग वैसा ही बहुमत था जैसा पहले चुनाव में। राज्यों में एक बार आंध्र में, एक बार उड़ीसा में, एक बार पुराने पेप्सू में (जो अब पंजाब में सम्मिलित कर दिया गया है) और एक बार केरल में राष्ट्रपति का शासन हुआ, पर इन राज्यों में भी शीघ्र ही फिर से प्रजातन्त्र की स्थापना हो गई।

संसद

भारतीय संसद के लिए कहा गया है कि यह समस्त संसार में अपने ढंग की एकाकी संसद है और एशिया में तो यह अद्वितीय है ही। प्राचीन काल में प्रसिद्ध यूनानी विद्वान पेरेक्लीज़ ने कहा था, एथेन्स यूनाननिवासियों

का प्रजातन्त्री विद्यालय है। जवाहरलाल बिना किसी हिचकिचाहट के कह सकते थे कि एशिया के लिए दिल्ली इसी प्रकार का विद्यालय है। संसद का कार्य ठीक ढंग से चल रहा है। भारत के बाहर के अनेक प्रजातन्त्री विद्वानों ने भारतीय संसद का कार्य देखकर उसकी भूरि-भूरि प्रशंसा की है। संसद में विरोधी दल के अत्यल्प रहने पर भी वाद-विवाद में प्रायः जोश रहता है। वाद-विवाद का स्तर अवश्य जैसा ऊंचा होना चाहिए वैसा नहीं है, क्योंकि अशिक्षित देश के प्रतिनिधियों का बौद्धिक स्तर भी ऊंचा नहीं हो सकता। सदस्यों द्वारा प्रश्न भी खूब पूछे जाते हैं। प्रश्नों के लिए संसद का पहला घंटा ग्यारह बजे से बारह बजे तक का समय निश्चित है और प्रत्येक दिन के प्रश्नों की संख्या इतनी अधिक रहती है कि पूरक प्रश्नों के साथ एक घंटे में थोड़े ही प्रश्न निपट पाते हैं। जो प्रश्न संसद में नहीं पूछे जा सकते उनके लिखित उत्तर संसद की कार्यवाही में छप जाते हैं। संसद की समस्त कार्यवाही द्रुत लेखन द्वारा लिखी जाती है और पूरी कार्यवाही हिन्दी तथा अंग्रेज़ी दोनों भाषाओं में छपती है। यद्यपि हिन्दी देश की राजभाषा है, और संविधान परिषद् के निर्णय के अनुसार सन् 1965 की 26 जनवरी से संसद की सारी कार्यवाही हिन्दी में चलनी चाहिए, परन्तु सन् 1963 के अप्रैल में संसद में एक विधेयक स्वीकृत हुआ है जिसके अनुसार हिन्दी के साथ अंग्रेज़ी अनिश्चित काल तक चलनेवाली हैं। एक विदेशी भाषा के अत्यधिक मोह के कारण संसद की कार्यवाही में अंग्रेज़ी का ही अधिक उपयोग होता है। धीरे-धीरे संसद की परम्पराएं, प्रथाएं और नज़ीरें भी स्थापित हो रही हैं। एक बात अवश्य है, सदस्यों की अधिकता के कारण वाद-विवाद में सदस्यों को यथेष्ट समय नहीं मिलता, पर यह तो तभी हो सकता है जब संसद पूरे वर्ष-भर बैठे, जिसकी शायद अभी आवश्यकता नहीं है। संसद के सदस्यों को जो वेतन और भत्ता मिलता है वह संसार के अन्य देशों की तुलना में बहुत कम है, परन्तु भारत एक गरीब देश है, इसे भी विस्मृत नहीं किया जा सकता।

संसद में लोकसभा के नेता पं० जवाहरलाल नेहरू आरम्भ से अन्त

तक रहे। अन्य अगणित कार्यों के होने पर भी लोकसभा के अधिवेशनों के समय उनका ध्यान सर्वप्रथम लोकसभा की ओर ही रहा। वे सदा लोकसभा के प्रारम्भ होने के पांच मिनट पूर्व सदन में आते। प्रश्नों के पूरे घंटे तक सदन में रहते। आवश्यक महत्वपूर्ण वाद-विवादों के समय भी अनुपस्थित न रहते। जब सदन में उपस्थित न रहते तो संसद भवन के अपने दफ्तर में मौजूद रहते। उसी दफ्तर में कार्य निपटाते, जिससे यदि आवश्यकता पड़े तो तुरन्त सदन में जा सकें। इस प्रकार वे सारे सदन के कार्य पर छाए रहते। जब सदन में आते तब बहुत झुककर अध्यक्ष को प्रणाम करते, जब जाते तब भी उसी प्रकार झुककर प्रणाम करते। लोकसभा के सबसे पुराने सदस्य होने के कारण दो बार लोकसभा का अधिवेशन सभा के स्थायी अध्यक्ष चुने जाने तक मेरीअध्यक्षता में हुआ। सदस्यों द्वारा शपथ ग्रहण कराने का कार्य मैंने कराया। शपथ लेकर सदस्य अध्यक्ष का अभिवादन कर हाथ मिलाता है। जवाहरलालजी ने जिस प्रकार भावपूर्ण मुद्रा से मुस्कराते हुए झुककर मुझसे हाथ मिलाया, वह दृश्य मैं विस्मृत न कर सकूंगा। लोकसभा में वे अपने पूरे वस्त्रों में आते। एक बार उन्होंने मुझसे स्वयं कहा था बिना अपनी शेरवानी पहने कुरता या जाकिट पहनकर वे लोकसभा में नहीं गए। वाद-विवादों में वे कभी उत्तेजित नहीं हुए, यह तो नहीं कहा जा सकता, परन्तु इतने दीर्घकालीन संसदीय जीवन में कभी उनके द्वारा ऐसी कोई कार्यवाही नहीं हुई जिससे लोकसभा का किसी प्रकार का अपमान हुआ हो। उन्होंने सदा प्रजातंत्री परम्पराओं को विकसित कर उनकी स्थापना का प्रयत्न किया और उन्हें सदा मान्यता और प्रोत्साहन दिया। यहां विरोधी दलों के प्रति उनके विचारों का भी कुछ उल्लेख कर देना उचित होगा। संसद में प्रधान विरोधी दल हैं : साम्यवादी, समाजवादी, (जिनमें अब प्रजा समाजवादी और समाजवादी दोनों दलों का विलयन हो गया है), जनसंघ तथा स्वतन्त्र दल। संसद के बाहर भी इन दलों के संगठन हैं। साम्यवादी विचारधारा से आरम्भ से ही सहानुभूति रखने पर भी भारतीय साम्यवादियों का सन्

1942 के स्वतन्त्रता-संग्राम में एवं चीनी आक्रमण के समय जो रुख रहा उसके कारण नेहरूजी भारतीय साम्यवादी दल से अत्यधिक रुष्ट थे। भारतीय साम्यवादियों की दृष्टि जो सदा भारत के बाहर चीन और रूस की ओर रही, इसके कारण उन्हें इस दल पर ज़रा भी विश्वास न था। भारतीय साम्यवादियों के वे कितने विरोधी थे इस सम्बन्ध में उन्हींका एक कथन यहां उद्धृत किया जा रहा है,

"मैं समझता हूं भारत के साम्यवादी दल जैसा बुद्धिहीन और विवेकशून्य संगठन दुनिया में और कहीं नहीं हुआ। उसने साम्यवादी आदर्शों को जितना नुकसान पहुंचाया है उतना साम्यवाद के किसी विरोधी ने भी नहीं पहुंचाया है। इसकी वजह है, उसने भारतीय जनता ही हर स्वाभाविक प्रवृत्ति के खिलाफ संघर्ष करने का बीड़ा जो उठा रखा है। उसने तमाम राष्ट्रीय आन्दोलन को अपना विरोधी बना लिया है।"

समाजवादी दल से उनकी सहानुभूति थी। जनसंघ को वे सम्प्रदायवादी दल मानते थे और हर प्रकार के सम्प्रदायवाद को देश के लिए वे अत्यधिक घातक मानते थे। सम्प्रदायवादियों के सम्बन्ध में वे कहते हैं,

"हमारी भावी प्रगति के रास्ते में सम्प्रदायवाद एक बड़ी बाधा है; तो भी मैं समझता हूं कि इसे ज़रूरत से ज़्यादा महत्त्व दिया जाता है। मूल रूप से यह जनता को प्रभावित नहीं करता, यद्यपि कभी-कभी इसकी वजह से उनकी भावनाएं ज़रूर उत्तेजित हो उठती हैं।...उग्र सम्प्रदायवादियों की मांगों को देखिए। आपको उनकी एक भी मांग ऐसी नहीं मिलेगी जिसका जन-साधारण से रंच-भर भी सम्बन्ध हो। सब वर्गों के साम्प्रदायिक नेता, सामाजिक और आर्थिक बातों से बुरी तरह भयभीत रहते हैं और यह एक मज़ेदार बात होती है कि ये लोग सामाजिक प्रगति के विरोध में सब एक हो जाते हैं।...यह बात बड़ी तथ्यपूर्ण है कि बड़े सम्प्रदायवादी नेता चाहे वे हिन्दू हों या मुसलमान या दूसरे, राजनीति में सभी प्रतिक्रियावादी हैं।...हमें अपने मस्तिष्क में और लोगों के दिमाग में यह बात बिलकुल साफ कर देनी चाहिए कि सम्प्रदायवाद के रूप में धर्म और राजनीति की सांठ-गांठ सबसे

ज़्यादा खतरनाक गठबन्धन है।"

स्वतन्त्र दल उनकी दृष्टि में घड़ी के कांटे को पीछे ले जानेवाला दल है।

प्रजातन्त्र के नाते वे विचार-स्वातन्त्र्य के बड़े पक्षपाती थे। समाचारपत्रों की स्वाधीनता का उन्होंने बड़ा समर्थन किया, परन्तु यह स्वतन्त्रता सीमा से भी आगे बढ़ गई। अधिकांश पत्रों में इस प्रकार की गाली-गलौच होने लगी है, इसका कारण यह स्वतन्त्रता भी है, इससे इनकार नहीं किया जा सकता। इस सम्बन्ध में उन्होंने एक बार कहा था,

"एक दिन मैं हिन्दी और उर्दू अखबारों की कतरन देख रहा था। उन्हें देखकर मैं कितना शर्मिन्दा हुआ यह बताना मुश्किल है। उन्हें पढ़कर मैं शर्म से लाल हो गया कि रोज़-बरोज लोकवाणी और कारटून वगैरह ऐसी चीज़ें छपती हैं। इनसे ज़्यादा घृणास्पद, अश्लील और कुरुचिपूर्ण सामग्री की मैं कल्पना नहीं कर सकता।"

आगे चलकर वे फिर कहते हैं,

"मैं इन सभी कठिनाइयों पर विचार करता हूं और जानने की कोशिश करता हूं कि अखबारवालों की सच्ची स्वतन्त्रता कैसे बनी रह सकती है। अखबारों की स्वतन्त्रता का मतलब यह है कि सभी मत का पक्ष या विपक्ष में प्रतिपादन किया जाए बशर्ते कि उसका उपयोग गलत उसूलों की पूर्ति के लिए न हो।"

कुछ पूंजीपतियों के हाथ में बड़े-बड़े पत्रों के संग्रह के वे विरोधी थे।

केन्द्रीय मन्त्रिमण्डल

अन्तरिम सरकार में मंत्रिमण्डल के नेता होने के पश्चात् स्वतंत्र भारत के जवाहरलालजी ही प्रधान मन्त्री हुए। उसके पश्चात् तीनों आम चुनावों में कांग्रेस का बहुमत आने के कारण वे ही प्रधानमन्त्री रहे। इतने दीर्घकाल तक इतने बड़े देश के प्रधानमंत्री-पद पर प्रतिष्ठित रहना उनकी अद्वितीय

लोकप्रियता का द्योतक तो है ही साथ ही उनकी कार्य-क्षमता का भी। अपने मन्त्रिमण्डल का गठन उन्होंने सदा बड़ी व्यापक दृष्टि से किया। योग्य से योग्य व्यक्तियों को उस मन्त्रिमण्डल में स्थान देने का यत्न किया परन्तु यह खेद की बात है कि सरदार वल्लभ भाई पटेल, मौलाना अबुल कलाम आजाद, पं० गोविन्द वल्लभ पंत, श्री रफी अहमद किदवई के सदृश चार-छः महानुभावों को छोड़ उस स्तर के मन्त्री जवाहरलालजी को न मिल सके। व्यक्तित्व और योग्यता दोनों ही दृष्टियों से सरदार पटेल को छोड़ नेहरूजी सदा अपने मन्त्रिमण्डल पर छाए रहे। हां, इतनी बात अवश्य हुई कि श्री चिन्तामणि देशमुख को छोड़ उनके मन्त्रिमण्डल में सदैव पूर्ण एकता रही और श्री देशमुख को छोड़ और कभी किसी मन्त्री ने उनके मन्त्रिमण्डल से त्यागपत्र नहीं दिया; वरन् दल और कांग्रेस संस्था की इच्छा के अनुसार नेहरूजी ने ही अपने कुछ मन्त्रियों से त्यागपत्र मांगे, जो उन्होंने तुरन्त दे दिए। श्री सन्मुखम् चेट्टी, श्री टी० टी० कृष्णमाचारी, श्री अजित प्रसाद जैन, श्री कृष्ण मेनन, श्री केशवदेव मालवीय, श्री मुरारजी देसाई, श्री लाल बहादुर शास्त्री, श्री जगजीवन राम, श्री एस० के० पाटिल, श्री गोपाल रेड्डी, श्री कालूलाल श्रीमाली इसके उदाहरण हैं। परन्तु इन त्यागपत्रों के पश्चात् भी कांग्रेस दल में कोई उथल-पुथल नहीं हुई। यह भी पण्डित जवाहरलाल नेहरू के महान व्यक्तित्व के कारण ही हो सका।

जवाहरलालजी के मन्त्रिमण्डल को देश की दृष्टि से तथा अन्तरर्राष्ट्रीय दृष्टि से कठिन परिश्रम करना पड़ा है। भारत में राज्यों के पुनर्गठन का समय नेहरूजी के लिए बड़ा कठिन समय था। भाषा के अनुसार प्रान्तों की रचना कांग्रेस संगठन में गांधीजी ने सन् 1920 में ही कर दी थी। तभी से इस प्रकार के राज्यों के गठन की ओर, हिन्दी भाषी राज्यों के सिवा, इतर भाषा-भाषी राज्यों की प्रवृत्ति थी। इस प्रकार का राज्यों का पुनर्गठन देश की एकता में बाधक है यह कतिपय विद्वानों का मत था। परन्तु मैं इस मत का कायल नहीं हूं।

चीन के आक्रमण के समय मन्त्रिमण्डल की कठिन परीक्षा हुई। चीन से हमारी जिस प्रकार की पराजय हुई उसे देखते हुए जवाहरलालजी के स्थान पर यदि कोई अन्य प्रधानमन्त्री होता तो उसका मन्त्रिमण्डल कदापि न टिक सकता। जैसा पहले कहा गया है जवाहरलाल के व्यक्तित्व और लोकप्रियता के कारण ही उस परिस्थिति में नेहरू-मन्त्रिमण्डल चल सका।

समाजवादी समाज-रचना

समाजवादी समाज-रचना के सम्बन्ध में उनके आधुनिकतम विचार सुनिए,

"मैं उस प्रकार के कट्टर समाजवाद का समर्थक नहीं, जिसमें सरकार सर्वशक्तिमान होती है, और प्रायः सब कुछ उसकी मर्ज़ी पर रहता है।... मैं आर्थिक शक्ति का विकेन्द्रीकरण चाहता हूं।...निःसंदेह, हम लोहे और इस्पात तथा इसी तरह के बड़े उद्योगों का विकेन्द्रीकरण नहीं कर सकते, लेकिन अन्य छोटे-छोटे कारखाने रखे जा सकते हैं। जहां तक मुमकिन हो, उन्हें सहकारिता के आधार पर रखा जाए और उनपर सरकारी नियंत्रण रहे। इस मामले में मैं रूढ़िवादी नहीं हूं। हमें व्यावहारिक अनुभव से सीखना और तरीके से आगे बढ़ना है। समाजवाद के सम्बन्ध में मेरी धारणा यह है कि इसमें हरएक व्यक्ति को तरक्की को समान मौका मिलना चाहिए।"

समाजवादी समाज-रचना के लिए सबसे बड़ा कार्य था आर्थिक विषमता की समाप्ति का। इसके लिए ताल्लुकेदारी, ज़मींदारी प्रथाओं की समाप्ति और निजी उद्योग-धंधों पर कर-वृद्धि ये दोनों ही बातें की गईं। इसके अनन्तर नेहरूजी ने सन् 1950 में योजना आयोग की स्थापना की। इस आयोग द्वारा पंचवर्षीय योजनाएं बनाई गईं जिनका उद्देश्य देश की सर्वांगीण उन्नति तो है ही प्रधानतया आर्थिक उत्थान है। आर्थिक उत्थान के लिए कृषि-प्रधान देश होने के कारण सर्वप्रथम कृषि की उन्नति की ओर ध्यान दिया गया और उसके पश्चात् उद्योग-धंधों की ओर।

कृषि की उन्नति के लिए भूमि का पुनर्वितरण किया गया। बड़े, मझोले और छोटे सब तरह की सिंचाई के बांध बांधे गए। बड़े बांधों में हैं भाखड़ा नांगल, हीराकुंड, दामोदर घाटी, चंबल घाटी आदि योजनाएं। बड़े-बड़े तालाब और छोटे-छोटे नाले बांधे गए। इस प्रकार की सिंचाई की योजनाएं तैयार की गईं। खाद के लिए सिंदरी का कारखाना चल रहा है और इसी प्रकार के कारखाने बनाए जानेवाले हैं। बीजों के सम्बन्ध में अनुसंधान हो रहे हैं। ट्रैक्टर और दूसरे खेती-सम्बन्धी औज़ार निर्मित किए जा रहे हैं। इस सम्बन्ध में सबसे बड़ा दोष रहा है गो-वंश की उपेक्षा, जिसके कारण न पर्याप्त संख्या में अच्छे बैल मिल रहे हैं, जिनकी इस देश की भूमि की जुताई के लिए सबसे अधिक आवश्यकता है और न कम्पोस्ट खाद की व्यवस्था हो रही है। गाय को न जाने क्यों साम्प्रदायिक दृष्टिकोण का विषय माना जा रहा है, जिसे सांस्कृतिक दृष्टि से पृथक् आर्थिक दृष्टि से देखना भी आवश्यक है। ग्रामीण विकास-कार्यक्रम के अन्तर्गत विकासखंडों की स्थापना हुई है, परन्तु इन्हें कोई विशेष सफलता नहीं मिल रही है।

उद्योग-धंधों के लिए सबसे अधिक आवश्यकता बिजली की है। जो बड़ी बड़ी सिंचाई की योजनाएं चल रही हैं उनसे बिजली की उत्पत्ति का भी प्रयत्न किया जा रहा है। इनके सिवा बिजली पैदा करने के और भी कुछ कार्यक्रम चल रहे हैं। तीन लोहे और इस्पात के बड़े-बड़े कारखाने स्थापित हुए हैं, एक भिलाई में दूसरा राउरकेला में और तीसरा दुर्गापुर में। रेल के इंजिन बनाने का कारखाना बंगाल में चितरंजन लोकोमोटिव के नाम स्थापित हुआ है। रेल के डब्बे और बोगियां बनाने के कारखाने बंगलौर और मैसूर में बने हैं। हवाई जहाज़ बनाने के कारखाने बंगलौर और कानपुर में स्थापित किए जा चुके हैं। बिजली का सामान बनाने के लिए हैवी इलेक्ट्रिकल्स नामक एक बड़ा कारखाना भोपाल में स्थापित हुआ है। बंगलौर में हिन्दुस्तान टूल्स फैक्टरी नाम से एक और कारखाना कायम किया गया है। इन सरकारी उद्योग-धंधों के सिवा, जिनमें से अनेक विदेशों के सहयोग से भी चल रहे हैं, निजी उद्योग-धंधों को भी सहायताएं दी जा

रही हैं। इस प्रकार उद्योग-धंधों का भी विकास किया जा रहा है।

यातायात के साधन बढ़े हैं। सड़कें काफी बनी हैं। रेलों की भी कुछ बढ़ती हुई है, पर बहुत अधिक नहीं। वायुयानों द्वारा यात्राओं के साधनों का लाभ तो धनवान ही उठा पाते हैं। आबादी बढ़ने और यात्रा की प्रवृत्ति भी बढ़ जाने के कारण रेलों की भीड़ें काफी बढ़ गई हैं जिससे लोगों को कष्ट है।

फिर कृषि और उद्योग के इस विकास के लाभ से अधिकांश जनता वंचित ही है। उसे यह महसूस नहीं हो रहा है। इसका प्रधान कारण यह है कि ये सभी काम विशिष्ट स्थलों पर केन्द्रित हैं और देश के अधिकांश भाग की जनता इनसे लाभ नहीं उठा पा रही है। फिर महंगाई इतनी अधिक बढ़ गई है कि उसने जनता को विह्वल कर दिया है।

आर्थिक दृष्टि से देश के विकास के अतिरिक्त देश की सर्वांगीण उन्नति के लिए कुछ विद्यालयों के निर्माण के सिवा देश की नैतिक उन्नति की ओर बहुत कम ध्यान गया है। इस नैतिक उन्नति की तरफ नेहरूजी का ध्यान हाल ही में हुआ था, जिसका विवेचन उनके जीवन-दर्शन के अध्याय में किया गया है। शायद यही कारण है जिससे इस ओर कोई विशेष कार्य नहीं हो सका। भ्रष्टाचार और घूंसखोरी आदि सामाजिक पापों का यही प्रधान कारण है।

योजना आयोग के द्वारा ही नव निर्माण का यह कार्य हो रहा है। इस आयोग के अध्यक्ष स्वयं जवाहरलालजी थे और वे नाम के अध्यक्ष नहीं थे वरन आयोग की बठकों के समय अधिकतर स्वयं उसकी अध्यक्षता करते थे। आयोग के काम का निकट से निरीक्षण करते थे। आयोग अपना सारा कार्य नेहरूजी के ही निर्देशन और देख-रेख में करता रहा है। अतः उसके कार्य की सफलताओं और असफलताओं—दोनों का उत्तरदायित्व जवाहरलालजी पर है।

शान्तिपूर्ण सह-अस्तित्व

एक तो यातायात के शीघ्रगामी साधनों के कारण दुनिया बहुत छोटी हो गई है; दूसरे जैसा पहले लिखा गया है, अपनी शिक्षा और भ्रमण के कारण जवाहरलालजी का दृष्टिकोण बहुत व्यापक रहा है।

जवाहरलालजी की वैदेशिक नीति के जो आधारभूत सिद्धान्त थे उनकी चर्चा उनके जीवन-दर्शन के अध्याय में की जा चुकी है। इन सिद्धान्तों को उन्होंने कार्यरूप में परिणत करने में अपनी ओर से कोर-कसर नहीं रखी।

इसके लिए उन्होंने संसार के विभिन्न देशों का स्वयं भ्रमण किया। अनेक प्रधान देशों के कर्णधारों को भारत बुलाया। भारत को कामनवेल्थ में रख कामनवेल्थ की परिषदों में भाग लिया। अन्य भी अनेक परिषदें कीं जिनमें एशियन कांफ्रेंस, बाडुंग सम्मेलन तथा तटस्थ राष्ट्रों का बेलग्रेड सम्मेलन आदि उल्लेखनीय हैं। सन् 1927 में ब्रुसेल्स में साम्राज्यवादी-विरोधी कांग्रेस हुई थी जिसमें नेहरूजी उपस्थित थे, जिसका उल्लेख पहले किया जा चुका है, वहीं से उनके एशियाई और अफ्रीकी सम्बन्ध आरम्भ हुए जो बाद में इन परिषदों में विकसित हुए।

सन् 1947 की स्वतंत्रता के पश्चात् सन् 1948 में वे राष्ट्र-मंडलीय प्रधानमन्त्री सम्मेलन में लन्दन गए। वहीं उन्होंने अंतिम रूप से भारत के राष्ट्रमंडल में रहने का निर्णय किया। जिस इंग्लैंड से भारत का दशाब्दियों से झगड़ा चलता रहा था और भारत में अंग्रेजी राज्य के समय जिस सत्ता ने उन्हें और अन्य अनेक भारतीयों को कई बार जेलों में ठूंस, भारत पर रोमांचकारी दमन किए थे, उसी इंग्लैंड के नेतृत्ववाले राष्ट्रमंडल में भारत के सम्मिलित होने पर अनेक लोगों को आश्चर्य हुआ। परन्तु जवाहरलालजी के स्वभाव में इस प्रकार के क्रोध और घृणा का समावेश नहीं था जिससे उनकी दृष्टि संकीर्ण हो जाती। संसार की परिस्थिति को उन्होंने व्यापक दृष्टि से देखा और एकाकी रहने की अपेक्षा राष्ट्रमंडल में सम्मिलित रहना कहीं

बेहतर समझा। हां, इस बात का उन्होंने सतर्कता से ध्यान रखा कि राष्ट्रमंडल में सम्मिलित होने पर भारत की स्वाधीनता में रंच-भर भी आंच न आने पावे और उसकी प्रतिष्ठा को कोई ठेस न लगे। अपने इस विचार के साथ उन्होंने भारत का राष्ट्रमण्डल में बने रहना श्रेयस्कर समझा।

और सन् 1953 में महारानी एलिज़ाबेथ के राजगद्दी के अवसर पर लंदन जाकर नेहरूजी ने राष्ट्रमंडल में भारत के सम्मिलित रहने की मुहर लगा दी।

भारतीय वैदेशिक नीति का सबसे अधिक परिचय नेहरूजी के संसारव्यापी विविध देशों के दौरों और विभिन्न देशों के कर्णधारों के भारत आने के समय नेहरूजी के भाषण से हुआ है।

नेहरूजी ने अपने कार्यकाल में विश्व का जितना व्यापक-विस्तृत दौरा किया आधुनिक काल में विश्व के किसी राजनायक और नेता ने नहीं किया। संसार का छोटा-बड़ा क्वचित् ही कोई देश बचा हो जिसमें नेहरूजी नहीं पहुंचे अथवा जहां की जनता और राजनेताओं से उन्होंने सम्पर्क न किया हो। यही बात विश्व के विभिन्न देशों के राजनायकों एवं नेताओं के भारत-आगमन के सम्बन्ध में रही। प्रायः संसार के सभी देशों के नेता और राजनायक नेहरूजी के राज्यकाल में भारत आए और यहां आकर उन्होंने नेहरूजी की नीति और उनके कार्यों की, जो भारत सरकार के माध्यम से एक प्रजातन्त्रीय पद्धति में यहां सम्पादित हो रहे थे, और जिनका परिचय उन्हें समाचारपत्रों एवं स्वयं नेहरूजी की विदेश-यात्राओं के समय उनके भाषणों से मिलता रहा था, अपनी आंखों देखा। इस प्रकार नेहरूजी ने अपने विश्वव्यापी सम्पर्क से स्वयं विभिन्न देशों का दौरा कर तथा विभिन्न देशों के राजनायकों, नेताओं और प्रतिनिधियों को अपने यहां बुलाकर अपनी तटस्थ पर सक्रिय विदेश नीति का प्रचार-प्रसार तो किया ही, भारत के प्रजातन्त्रीय विश्वास और इस पद्धति के द्वारा विकासोन्मुख भारत की संसार में प्रतिष्ठा भी बढ़ाई। नेहरूजी के इन दौरों और विश्व के विभिन्न देशों के राजनायकों एवं नेताओं के भारत आगमन का फल यह हुआ कि विभिन्न राजनैतिक मामलों में हमारे मतभेद होते हुए भी लोगों ने हमें पहचाना और

परस्पर के इस परिचय से हम स्थान और राजनैतिक कारणों की दूरी के बावजूद संसार के ज़्यादा निकट आ गए।

अपनी विदेश नीति के सम्बन्ध में नेहरूजी समय-समय पर विदेश मंत्रालय के अनुदानों एवं कांग्रेस दल की बैठकों में अपने विचार बराबर स्पष्ट करते रहते थे।

सन् 1949 में एशिया के 19 देशों का सम्मेलन भारत में हुआ, जिसमें हिन्देशिया के डच आक्रमण की निन्दा की गई। आगे चलकर यह प्रश्न राष्ट्रसंघ की सुरक्षा परिषद् में गया और वहां का एक प्रमुख विषय हो गया। अन्त में हिन्देशिया में डच उपनिवेशवाद की समाप्ति हुई।

चीन और जापान के युद्ध में उन्होंने चीन का पक्ष लिया। इथोपिया, चेकोस्लाविया, अल्बानिया और प्रजातन्त्रात्मक स्पेन में फासिस्ट आक्रमणों की निन्दा की। अफ्रीका के देशों, बर्मा, हिन्दे शिया और बाद में ट्यूनिशिया में स्वतन्त्रता के आन्दोलनों का समर्थन किया।

कोरिया के युद्ध की समाप्ति का प्रयत्न किया और उसमें सफलता प्राप्त की तथा भारतीय सैनिकों के योगदान द्वारा अन्त में वहां का झगड़ा निपटवाया।

स्वेज़ नहर के झगड़े के निपटारे का प्रयत्न किया और उसमें भी कामयाबी हासिल की।

औपनिवेशिकवाद के समर्थक नाटों और सीटो की निन्दा की।

अपने पड़ोसी देशों नेपाल, भूटान और सिक्किम की यात्रा कर उनकी सुरक्षा में सब कुछ करने का उन्हें आश्वासन दिया और अफगानिस्तान से अच्छे से अच्छे सम्बन्ध कायम किए और बढ़ाए।

सन् 1953-54 में अमरीका द्वारा पाकिस्तान को शस्त्र-सहायता दी गई तब जवाहरलालजी को बहुत बड़ा धक्का लगा। अमरीका की स्थिति से भारत और पाकिस्तान के सम्बन्धों में और खिंचाव आएगा, यह उन्होंने स्पष्ट शब्दों में अमरीका को बता दिया और एक प्रकार से उस विषय में अमरीका की कड़ी आलोचना की। जवाहरलालजी के इस कड़े रुख का अमरीका पर भी प्रभाव पड़ा।

सन् 1955 में बांडुंग में एशियाई देशों का एक सम्मेलन हुआ था जो नेहरूजी की प्रेरणा का ही फल था। यह सम्मेलन एशियाई राष्ट्रों का एक बड़ा सफल सम्मेलन माना जाता है।

सन् 1956 में हंगरी में विद्रोह हुआ। इस विद्रोह में रूस की जैसी आलोचना उन्हें करनी चाहिए थी, रूस के प्रति आरम्भ से ही सद्भावना रहने के कारण, शायद वे वैसी आलोचना न कर पाए। इसपर पश्चिमी राष्ट्रों में उनपर छींटाकशी भी हुई, पर उन्हें अमरीका और रूस दोनों के भारतीय सम्बन्ध में संतुलन की ओर भी देखना आवश्यक था।

तिब्बत पर चीनी आधिपत्य वे स्वीकार कर चुके थे, पर जब 1959 में चीन के तिब्बत पर अत्याचार हुए और तिब्बत में बलवा हुआ तब उन्होंने इसकी निन्दा की। उसी समय दलाई लामा अपने कुछ साथियों के साथ भारत आए। उन्होंने दलाई लामा को आश्रय दिया। शरणागतों को आश्रय भारतीय संस्कृति का एक प्रधान ऐतिहासिक लक्ष्य रहा है। तिब्बत पर चीन का आधिपत्य स्वीकार करने के कुछ लोग आरम्भ से ही विरोधी रहे थे। यदि भारत इस आधिपत्य को स्वीकार न करता तो भी शायद व्यावहारिक दृष्टि से कोई अन्तर न पड़ता तथापि सन् 1962 में जब चीन ने भारत पर आक्रमण ही कर दिया तब यह मानना होगा कि तिब्बत पर चीन के आधिपत्य की स्वीकृति यह एक गलत बात हो गई। चीन और भारत का दो हज़ार वर्ष से भी अधिक समय से बड़ा मृदु सम्बन्ध रहा था। इतने लम्बे समय के सम्बन्ध में चीन और भारत के बीच कभी कोई मनमुटाव नहीं हुआ था। पंचशील के सिद्धान्तों को जिन देशों ने स्वीकृत किया उनमें चीन सबसे प्रधान देश था और सबसे पहले चीन के प्रधान मन्त्री चाऊ एन-लाई ने ही सन् 1954 में पंचशील के सिद्धान्तों को भारत में आकर स्वीकार किया था। ऐसा चीन तिब्बत से इस प्रकार का व्यवहार करेगा और अन्त में भारत की सारी मैत्री को ताक में रख भारत की पीठ में छुरा भोंक, भारत से निन्दनीय विश्वासघात कर, भारत पर भी सन् 1962 में आक्रमण कर देगा यह बात सोची तक न जा सकती थी। जो जैसा होता है उसे अन्य भी उसी प्रकार के

दिखते हैं। नेहरूजी ने अपने समान ही चाऊ एन-लाई को समझा। जीवन में शायद उनसे यह सबसे बड़ी भूल हुई है।

सन् 1961 में बेलग्रेड में तटस्थ देशों का एक सफल सम्मेलन हुआ। इसके प्रेरक भी जवाहरलालजी ही थे।

गोवा का भारत में जिस प्रकार विलीनीकरण हुआ उसके कारण जवाहरलालजी की कुछ आलोचना भी हुई। पर हैदराबाद में जिस प्रकार की पुलिस कार्यवाही हुई थी उससे मिलती-जुलती यह कार्यवाही भी थी। भारतवर्ष के अविभाज्य अंग को विदेशी अधिकार में नहीं रखा जा सकता था। आगे चलकर इसके महान हिंसात्मक परिणाम निकल सकते थे। अनेक बार बड़ी हिंसा को बचाने के लिए और अहिंसा की स्थापना के लिए भी छोटी अहिंसा अनिवार्य हो जाती है। फिर गोवा में जिस प्रकार का हिंसात्मक दमन हो रहा था उससे भी गोवा को मुक्त कराना अनिवार्य था।

समस्त मानव-समाज के एकीकरण के नेहरूजी बड़े पक्षपाती थे। किसी न किसी समय सारे संसार की एक सरकार होगी यह भी वे सोचा करते थे। तार्किक दृष्टि से यह ठीक बात भी है। अणुबम और उद्जन बम सदृश विनाशकारी अस्त्र-शस्त्रों के निर्माण के बाद दो में एक बात सम्भव है। या तो कोई ऐसे बम का निर्माण होगा जिससे हमारे भू-मंडल के ही टुकड़े-टुकड़े हो जाएं (विस्फोटक पदार्थ के रूप में जब बारूद ईजाद हुई थी तब किसीने यह नहीं सोचा था कि आगे चलकर यह विस्फोटक पदार्थ अणुबम और उद्जन बम तक का रूप ले लेगा। अतः ऐसा बम भी बन सकता है जो हमारे समस्त भू-मंडल को नष्ट कर दे।) या फिर अहिंसा द्वारा समस्त संसार का मानव-समाज एक सूत्र में बंधेगा और विश्व की एक सरकार बनेगी। कहा जाता है कि निसर्ग ने मानव में देवत्व और पशुत्व दोनों हीं गुणों का समावेश किया है। अतः मनुष्य में कलह-विग्रह-हिंसा आदि रहेगी ही। व्यक्तिगत ये बातें अवश्य रहेंगी। एक मनुष्य या मनुष्यों का छोटा-मोटा समुदाय दूसरे से लड़ सकता, परन्तु महान् युद्धों में जो सेनाएं एक-दूसरे से लड़ती हैं उन सैनिकों में तो एक-दूसरे के प्रति इस प्रकार के पाशविक भाव

नहीं रहते। व्यक्तिगत हिंसा रहते हुए भी सामूहिक हिंसा की समाप्ति तो होनी ही चाहिए और इसके लिए विश्वव्यापी संगठन होना चाहिए। इसीलिए पहले नेहरूजी लीग ऑफ नेशन्स के समर्थक रहे और राष्ट्रसंघ की स्थापना के बाद राष्ट्रसंघ के बड़े भारी समर्थक हो गए। राष्ट्रसंघ संसार के समस्त जटिल प्रश्नों को हल नहीं कर सका, दुनिया में अभी भी शीतयुद्ध जारी है, परन्तु इन जटिल प्रश्नों को हल करने के लिए राष्ट्रसंघ के सदृश संस्थाओं का निर्माण और इन संस्थाओं का समर्थन कर इन्हें बलशाली बनाने के सिवा और कोई मार्ग भी तो नहीं है।

भारत में सम्राट् अशोक के पश्चात् किसी काल में भी भारत का अपने बाहर के राष्ट्रों से इस प्रकार का सम्बन्ध नहीं रहा, जैसा नेहरूजी के काल में। फिर आज से दो हज़ार वर्ष के पूर्व के समय तथा इस समय में महान अन्तर हो गया है। अतः आज इस समय जैसा सम्बन्ध भारत का अपने बाहर के देशों से है और इस सम्बन्ध में जैसी वैदेशिक नीति का भारत अनुसरण कर रहा है वैसा तो इसके पूर्व कभी हुआ ही नहीं।

इस प्रकार घर और बाहर दोनों ही दृष्टियों से जब हम जवाहरलालजी के प्रधानमंत्रित्व-काल का अवलोकन करते हैं तब हमें यह स्वीकार करना ही पड़ता है कि जिस तरह वे हमारे स्वतंत्रता-संग्राम के सफल सेनानी रहे उसी प्रकार प्रधान मंत्री भी।

सौंदर्योपासक और साहित्यकार

जवाहरलालजी में सौंदर्योपासन की भी पर्याप्त मात्रा थी। वे कभी आकाश, उसमें उदित होनेवाले वक्रचन्द्र, पूर्णचन्द्र, ग्रह, नक्षत्रों और तारों को; कभी उड़ते हुए रंग-बिरंगे बादलों, उनमें चमकती हुई दामिनी और कभी निर्मित होते सतरंगी इंद्रधनुष को; कभी हिमाच्छादित शैलश्रृंगों, कभी लहलाते हुए वन-उपवनों को; कभी गिरते हुए जल-प्रपातों और बहती हुई सरिताओं तथा मचलते हुए झरनों को; कभी उठती हुई उत्तुंग ऊर्मियोंवाले

सागर को; कभी सृष्टि की सर्वश्रेष्ठ सुन्दर रचना सुगंध और विविध स्वरूपों एवं रंगोंवाले सुमनों को एकटक देखते रहते। सुन्दर चित्रों और मूर्तियों पर उनकी दृष्टि ऐसी जमती कि हटाए न हटती। जंगलों में रहनेवाली जातियों के नृत्य उन्हें अत्यन्त प्रिय थे। वे संगीत के कोईं विशेषज्ञ नहीं थे, पर मधुर संगीत सुन उसमें तन्मय हो जाते। सृष्टि का प्राकृतिक सौंदर्य तो उन्हें सदा ही अत्यधिक आकर्षित करता रहता था। इसका पता उनके उस लेखन से चलता है जो उन्होंने अपनी पहाड़ी यात्राओं के सम्बन्ध में किया है।

अच्छे नाटकों, फिल्मों आदि में उनकी सहज रुचि रहती थी। नाटकों से उन्हें कितना अनुराग था यह मैंने स्वयं देखा है। बम्बई की एक नाटक-मंडली ने दिल्ली में महाकवि कालिदास के 'अभिज्ञान शाकुन्तल' नाटक का संस्कृत में अभिनय किया। पंडितजी उसे देखने गए। मैं भी गया। पंडितजी उसका केवल एक दृश्य देखकर चले जानेवाले थे, पर वे नाटक की समाप्ति तक बैठे रहे। यही बात शेक्सपियर के 'मैकबेथ' नाटक के अभिनय में हुई। इस नाटक का हिन्दी अनुवाद हिन्दी के प्रसिद्ध कवि श्री हरिवंशराय 'बच्चन' ने किया था और लेडी मैकबेथ का कार्य मंच पर बच्चनजी की पत्नी श्रीमती तेजी बच्चन ने किया था। पंडितजी उसे भी देखने पहुंचे। मैं भी वहां था। उस नाटक का भी एक अंश देखकर पंडितजी लौटनेवाले थे, पर उसकी समाप्ति तक रहे।

इसी प्रकार वे दिल्ली और बम्बई आदि में अनेक बार सिनेमा देखते और उनके कलाकारों से भेंट कर उन्हें प्रोत्साहन देते।

राजनीतिज्ञ और साहित्यकार इन दोनों का मिलन कदाचित् ही होता है। दोनों में से कौन बड़ा है यह कहना भी सरल नहीं है। भगवान के पूर्णावतार राम और कृष्ण राजनीतिज्ञ थे, साहित्यकार नहीं। संसार के अनेकों सम्राट और नरेश राज नेता थे, साहत्यिकार नहीं। उदाहरण के लिए भारत के ही कुछ सम्राटों को लीजिए। चन्द्रगुप्त मौर्य अशोक, पृथ्वीराज चौहान, शेरशाह, अकबर आदि कौन साहित्यकार था ? परन्तु साहित्यकारों का स्थान भी राजनेताओं से कम महत्त्व का है, यह बात नहीं मानी जा सकती।

यदि वाल्मीकि और व्यास न होते तो जिस रूप में आज राम और कृष्ण हमारे सामने हैं, इस रूप में क्या कभी हम उन्हें देख सकते थे ? भगवान श्रीकृष्ण का रण में अर्जुन को दिया हुआ उपदेश भगवद्गीता के नाम से व्यासजी द्वारा ही वर्णित है। यदि चन्द वरदाई न होते तो पृथ्वीराज का जो चरित्र हमें प्रेरणा देता है, वह चरित्र कभी हमारे सम्मुख नहीं आ सकता था। फिर छोटे-छोटे राजनेताओं से तो एक छोटे साहित्यकार का भी स्थान कहीं ऊंचा रहता है। और जिनमें दोनों बातों का समावेश हो, ऐसे दृष्टांत तो संसार के इतिहास में बिरले ही मिलते हैं। हमारे देश के प्राचीन इतिहास में हर्षवर्द्धन ऐसे सम्राट थे जिनमें राजनेता और साहित्यकार दोनों के गुण मौजूद थे।

आधुनिक काल में तीन ही ऐसे व्यक्ति हुए, जिन्हें चोटी का राजनेता और लेखक कहा जा सकता है। एक लोकमान्य तिलक, दूसरे अरविन्द घोष और तीसरें जवाहरलाल नेहरू। गांधीजी का लेखन विपुल होते हुए भी इस कोटि में नहीं आता। वह उस कोटि का है जिस कोटि के भगवान बुद्ध आदि के उपदेश हैं।

जवाहरलालजी ने तीन बृहत् ग्रंथ लिखे हैं। 'विश्व-इतिहास की झलक', 'आत्मकथा' और 'हिन्दुस्तान की कहानी'। इनके सिवा उनके कुछ पत्रों और भाषणों के संग्रह आदि प्रकाशित हुए हैं। भाषण प्रायः सभी राजनैतिक ; लेखों में कुछ साहित्यिक भी हैं।

विश्व-इतिहास की झलक ग्रंथ चाहे प्रकाशित बाद में हुआ हो, पर इसमें जिन पत्रों का संग्रह है वे पत्र जवाहरलालजी ने अपनी पुत्री इंदिरा को लिखे थे और उन पत्रों को लिखने का आरंभ सन् 1930 में हुआ था। इस पुस्तक में 196 पत्र संगृहीत हैं। पहला पत्र है 26 अक्टूबर, सन् 30 का और अंतिम पत्र है 9 अगस्त, सन् 33 का। विश्व-इतिहास की झलक में संसार के अनेक प्रधान प्राचीन और अर्वाचीन देशों को लिया गया है। ग्रंथ में उन सब देशों की संस्कृतियों की भी झलक मिलती है। आधुनिक समय की आवश्यकताओं का भी दिग्दर्शन किया गया है। मार्क्स और लेनिन की ऐतिहासिक व्याख्या की छाया है। समाजवादी समाज-रचना की आवश्यकता पर ज़ोर दिया गया

है और इसके लिए वैज्ञानिक साधनों के उपयोग का परामर्श।

जवाहरलालजी ने अपनी आत्मकथा जेल में लिखी और यह सन् 1935 में समाप्त हुई। इस आत्मकथा में व्यक्तिगत बातें बहुत कम हैं। यह एक प्रकार से आधुनिक भारत पर राजनैतिक खोज-ग्रन्थ है। आत्मकथा होने के कारण इस ग्रन्थ में जवाहरलालजी ने अपने बौद्धिक और भावनात्मक विकास की मुख्य बातों का अवश्य विश्लेषण किया है, अपनी मानसिक विचारधाराओं के विषय में भी विश्लेषण है, लेकिन अधिकतर यह भारत की परतंत्रता के कारण उनके दुःखों की गाथा है और स्वतंत्रता प्राप्त करने के प्रयत्नों की कहानी। इस पुस्तक के संबंध में उन्होंने लिखा है। "मैंने अपनी यह जो आत्मकथा लिखी है उसमें भारतीय स्वतन्त्रता की पृष्ठभूमि में अपना स्वयं का स्थान भी प्राप्त करने का प्रयत्न हो सकता है, लेकिन यथार्थ में यह ग्रन्थ भारतीय स्वाधीनता के संग्राम का ही दिग्दर्शन कराता है।"

हिन्दुस्तान की कहानी उनकी अंतिम जेल-यात्रा सन् 1945 में समाप्त हुई। इस ग्रन्थ के आरंभिक दो अध्याय तो बहुत दूर तक व्यक्तिगत आदर्शों और सिद्धान्तों की व्याख्या करते हैं। इसके बाद यह ग्रन्थ भारतीय जनता की कहानी बन जाती है। इसमें पांच हज़ार वर्ष पुराने काल से आधुनिक काल तक का भारतीय विकास के इतिहास का दिग्दर्शन किया गया है। भारतीय इतिहास की व्याख्या की गई है। भारतीय संस्कृति के मूलभूत आधार, उसकी परंपराओं का वर्णन है और उस संस्कृति के आधार पर भारतीय जीवन-दर्शन का विचारपूर्ण विश्लेषण। प्रसिद्ध इतिहास-वेत्ता सरदार पणिक्कर ने इस ग्रन्थ को इतिहास का एक महान ग्रन्थ माना है। विश्व के अन्य विद्वानों की सम्मति के अनुसार भी यह ग्रन्थ नेहरूजी की सर्वश्रेष्ठ रचना है। लेखक ने अपनी बौद्धिक प्यास बुझाने के लिए इस सारे इतिहास का अनुसंधानात्मक विवेचन किया है और कहा है कि भारत के भूतकाल की विफलताओं और सफलताओं के मूल कारणों को समझे बिना न कोई राष्ट्रीय नेता हो सकता और न जनता को सही दिशा ही दिखा सकता।

जवाहरलालजी की ये तीनों रचनाएं इतिहास से संबंध रखती हैं। इन

रचनाओं में चाहे नेहरू ने कोई नई ऐतिहासिक खोज न की हो, पर तीनों ही रचनाएं उनके गहरे इतिहास-ज्ञान की द्योतक हैं। इस ऐतिहासिक ज्ञान के साथ ही उनको मानव-समाज का तथा मनोवैज्ञानिक प्रवृत्तियों का भी कितना परिचय है यह इन ग्रन्थों से ज्ञात होता है।

इन तीनों ग्रन्थों तथा उनकी अन्य फुटकर रचनाओं, लेखों आदि से मालूम हो जाता है कि वे विज्ञान में अटल विश्वास रखते थे। परन्तु वैज्ञानिक विश्वास के साथ उनका मानसिक आधार दार्शनिक और दृष्टि साहित्यिक भी है। वे मस्तिष्क से चिन्तक और हृदय से कवि थे। हाल ही में सुना गया है कि उन्होंने अपने आरंभिक जीवन में कुछ कविताएं लिखी थीं, जिनका संग्रह अब प्रकाशित होनेवाला है। नेहरूजी की रचनाएं यथार्थवादी होते हुए भी गहरे आदर्शवाद से प्रेरित हैं। इतने पर भी वे अस्वाभाविक बातों का प्रतिपादन नहीं करते। उनकी शैली में ओज है, प्रवाह है, स्पष्टता है। उनकी रचनाओं के अनेक स्थल मन पर स्थायी प्रभाव छोड़ जाते हैं। उनकी दृष्टि में आज यह समस्त संसार एक इकाई है। भारत को उस इकाई से पृथक् कर उसकी समस्याओं पर विचार नहीं किया जा सकता। स्वतन्त्रता आवश्यक है, क्योंकि इसके बिना न आत्मसम्मान सम्भव है और न अच्छा जीवन। राजनैतिक स्वतन्त्रता के बिना सामाजिक और व्यक्तिगत जीवन का उत्कर्ष संभव नहीं, जो संसार की इकाई के लिए भी आवश्यक है। साम्राज्यवाद किसी भी देश के लिए लाभप्रद नहीं, क्योंकि यह शान्ति का विनाशक है। वह पूंजीवाद का ही बृहत् रूप है, जिसमें कुछ का लाभ और अधिकांश की हानि अवश्यंभावी है। फासिज़्म इस साम्राज्यवाद का ही भयानक रूप है जो स्वतन्त्रता का नाश करता है। उसके साथ कोई समझौता संभव नहीं। हिंसा राजनैतिक, आर्थिक, सामाजिक किसी भी समस्या का समाधान नहीं कर सकती। अहिंसा के द्वारा समाजवाद की स्थापना और समाजवादी समाज प्रजातान्त्रिक रहे, यही ठीक आदर्श है। जवाहरलालजी के साहित्य में ये समस्याएं, सिद्धान्त और विचार बिखरे पड़े हैं। और इन सब बातों का

दिग्दर्शन हुआ है साहित्यिक ढंग से। फिर इस सारे साहित्य की नींव देश-भक्ति और मानव-प्रेम है। जवाहरलालजी की लेखनी विश्वबंधुत्व और देशभक्ति की लेखनी है।

इस प्रकार जवाहरलालजी के साहित्य में तो विशेषता है ही, पर सबसे बड़ी विशेषता यह है कि वह जवाहरलालजी की कलम से रचा गया है। इस कारण इस साहित्य की पृष्ठभूमि में उनका महान व्यक्तित्व है।

एक बात अवश्य खेद की है कि यह सारा साहित्य एक विदेशी भाषा में लिखा गया है। भारतीयों को अपनी भाषाओं में उसका अनुवाद ही मिलता है। मूल से जो आनन्द प्राप्त होता है अनुवाद में उसकी कुछ कमी तो रह ही जाती है। नीचे उनकी रचनाओं से कुछ, साहित्यिक उद्धरण प्रस्तुत हैं,

"देहरादून में वसंत ऋतु बड़ी सुहावनी लगी और नीचे के मैदानों की बनिस्बत ज़्यादा समय तक रही। जोड़े में प्रायः सब पेड़ों ने पत्ते झाड़ दिए थे और वे सब बिलकुल नंग-धडंग हो गए थे। जेल के फाटक के सामने जो चार विशाल पीपल के पेड़ थे उन्होंने भी, आश्चर्य तो देखिए, अपने करीब-करीब सब पत्ते गिरा दिए थे और पत्र-विहीन तथा उदास होकर खड़े थे। परन्तु अब वसन्त ऋतु आई और उसकी जीवनदायिनी वायु ने उन्हें अनुप्राणित कर दिया, उनके एक-एक परमाणु को जीवन-संदेश दिया। क्या पीपल और क्या दूसरे पेड़ों में, एक हलचल मच गई और उनके आसपास एक रहस्यमय वातावरण छा गया, जैसे परदे के अन्दर छिपे-छिपे कोई प्रक्रिया हो रही हो और एक दिन सहसा मैं तमाम पेड़ों पर हरे-हरे अंकुरों और कोंपलों को उझक-उझककर झांकते हुए देखकर चकित रह गया। वह बड़ा ही उल्लासमय और आनन्ददायी दृश्य था। फिर बड़ी तेज़ी के साथ उन पेड़ों में लाखों पत्ते निकल आए और वे सूर्य की किरणों में चमकने और हवा के साथ अठखेलियां करने लगे। एक अंखुए से लेकर पत्ते तक का यह रूपान्तर कितनी जल्दी और कितना आश्चर्यजनक होता है।..."

"नैनी में हज़ारों तोते थे। उनमें से बहुतेरे तो मेरे बैरेक की दीवार की दरारों

में रहते थे। उनकी प्रणयलीला आकर्षक वस्तु होती थी। वह देखनेवालों को मोहित कर लेती थी। कभी-कभी दो तोतों में एक तोती के लिए ज़ोर की लड़ाई होती। तोती शान्ति के साथ उनके झगड़े के नतीजे का इन्तज़ार करती और विजेता पर अपनी प्रणय-वृष्टि करने के लिए प्रस्तुत रहती थी।..."

"ज़िन्दगी से मुझे मुहब्बत है और वह बराबर मुझे अपनी तरफ खींचती है। अपने ढंग से मैं उसका रस लेना चाहता हूं, अगरचे मैं न जाने कितनी अनदेखी रुकावटों से घिरा हुआ हूं। लेकिन यही है ख्वाहिश मुझे ज़िन्दगी के साथ खेलने को, उसकी झलक लेने को उकसाती है—उसका गुलाम बनने के लिए नहीं, बल्कि इसलिए कि हम एक-दूसरे की और भी कद्र कर सकें।..."

महाप्रयाण

जवाहरलालजी ने 74 वर्ष की अवस्था में 27 मई, 1964 को इस लोक से विदा ली। यद्यपि इधर गत दो-तीन वर्षों से उनका स्वास्थ्य अच्छा नहीं चल रहा था और भुवनेश्वर में कांग्रेस के गत अधिवेशन के समय उन्हें लकवे का हल्का-सा आक्रमण भी हुआ था तथापि यह किसीको आशा नहीं थी कि वे अन्त में केवल आठ घंटे बीमार रहकर इस प्रकार चल बसेंगे। कुछ समय पूर्व उन्होंने स्वयं कहा था कि अभी मैं जल्दी जानेवाला नहीं हूं। वे प्रातःकाल 6 बजकर 20 मिनट पर अस्वस्थ हुए और दो बजकर दस मिनट पर अपराह्न में चल बसे। यह हमारे लिए, इस देश के लिए, और समस्त संसार के लिए एक अप्रत्याशित और अनभ्र वज्रपात था। सारा देश शोक-सागर में डूब गया और समस्त विश्व में मातम छा गया।

इस मर्त्यलोक की रचना ही कुछ ऐसी है कि जो भी यहां आया है, चाहे वह भगवान का अवतार हो, ऋषि-मुनि हो, कोई भी हो, उसे एक न एक दिन जाना ही है। इसीलिए दार्शनिकों, तत्त्ववेत्ताओं और ज्ञानियों ने इस शरीर के लिए क्षणभंगुर आदि न जाने कितने शब्दों का उपयोग किया है। गोस्वामी तुलसीदासजी ने लिखा है, "धरा को प्रमान यही तुलसी जो फरा

सो झरा, जो बरा सो बुताना।" धन्य वही हैं जो इस मर्त्यलोक में आकर कुछ करके जाते हैं। जवाहरलालजी ऐसे ही महापुरुषों में एक थे। उन्होंने केवल अपना जीवन ही धन्य नहीं किया, पर वे इस भारत वसुन्धरा और विश्व को भी धन्य कर गए। मर कर भी वे अमर हो गए। प्रेमचन्दजी ने एक स्थान पर लिखा है, "व्यक्ति की सबसे बड़ी अभिलाषा यह होती है कि उसका जीवन एक कहानी बन जाए।" जवाहरलालजी का जीवन ऐसी कहानी बन गया जो सर्वदा इस देश और संसार को प्रेरणा देता रहेगा।

मृत्यु एक ऐसा सत्य है जो हर क्षण आदमी के साथ रहता है। जिस प्रकार जीवन एक प्राकृतिक वस्तु है, उसी प्रकार मृत्यु भी। जीवन को यदि हम प्राकृतिक कृपा कहें तो मृत्यु को उसका प्रकोप मानना होगा। दूसरे शब्दों में जीवन एक अज्ञात यात्रा का प्रारम्भ है, तो मृत्यु उसकी परिणति और अन्त। जन्म और मरण की सीधी और साधारण परिभाषा में तो पल प्रति पल जन्म-मरण का यह चक्कर चलता रहता है। बिना किसी रोक-टोक और बिना किसी विवेक के सृष्टि का सृजन और संहार होता रहता है; निरंकुश, निर्वाद और मनमाने एक प्राकृतिक ढंग से। जन्म-मरण के इस चक्कर में कितने जनमते हैं, कितने मरते हैं यह कोई हिसाब नहीं। पर इस बेहिसाब, बेशुमार संख्या में कुछ ऐसे भी होते हैं, जिनकी गणना होती है। यह गणना शासन द्वारा की जानेवाली जन-गणना नहीं, अपितु जन-जन के मन, हृदय और प्राण में अपना स्थान बना लेनेवाली गणना होती है। ऐसे ही व्यक्तियों, बहादुरों, वीरों और महत् पुरुषों का जन्म सार्थक होता है और मरण भी। जन्म और मरण की यह सार्थकता नियति का सतत हस्तक्षेप होते हुए भी नैसर्गिक वस्तु न होकर मनुष्य-कृति ही होती है; उदाहरण के लिए एक बालक किसी निर्धन के घर जन्म लेता है, उसे न शिक्षा के साधन सुलभ हैं और न ही जीवकोपार्जन के लिए कोई अर्थ आदि का अवलंब, केवल अपने शरीर-श्रम पर उसे अपनी ज़िन्दगी गुज़ार देनी होती है। उसके विपरीत दूसरा बालक किसी साधन सम्पन्न धनिक के घर जन्म लेता है। शैशव से ही उसमें उसके योग्य लालन-पालन के साथ ही उत्तम शिक्षा और अच्छे संस्कार डाले जाते हैं।

आगे अपनी शिक्षा, योग्यता और साधनों के सहारे उस ढालू ज़मीन की तरह, जो सरिता के प्रवाह के लिए सहायक होती है, उसका जीवन-प्रवाह चलता है और सरिता की सुगति की भांति अंत समय वह अपने जीवन-साध्य के समुद्र में समाहित हो जाता है। मानव-जीवन की भांति अवनि पर अगणित सलिल-पूरित सरिताएं यत्र-तत्र बहती हैं, किन्तु उनका जीवन, उनका प्रवाह और उनकी उपयोगिता केवल इसलिए नहीं है कि वे केवल-मात्र बहती हैं, वरन् उनकी उपयोगिता इसमें है कि कितने जन इन जीवनदायिनी सरिताओं से जीवन पाते हैं। फिर इसके भी आगे उनके क्षेत्र-विस्तार और सामर्थ्य की ओर भी हमारा ध्यान जाता है। मान लीजिए, एक सरिता एक स्थान से जाकर कुछ ही दूर पर मार्ग में ही समाप्त हो जाती है; दूसरी अपने उद्गम से निकल पहली से कुछ अधिक दूर चलती है; तीसरी, चौथी और अन्य अगणित सरिताएं कुछ ऐसी भी हैं, जो सबकी सब किसी एक ही प्राणवान सरिता में जाकर समाहित होती हैं। जिस सरिता में यह सबकी सब आकर समाहित हुई, वह जाकर समुद्र-समागम करती है। इस प्रकार सरिता-निस्सरण के इस इतिहास में जब गणना होती है तो उसी एक सरिता का विशेष नामोल्लेख होता है जो सबको अपने में समाहित कर सर्वहितकारी भाव से परहित-तत्पर रह सिन्धु-समागम करती है। अपनी इस गुण-गरिमा से सरिताओं में सिरमौर गंगा, पावन गंगा बनी है। इसी प्रकार मानव-जीवन की, उनके जन्म-मरण की पहचान हम करते हैं। मानव-जन्म भी तो एक सरिता-निस्सरण ही है। कितने मानव छोटी-छोटी सरिताओं के सदृश अपने प्रसव में ही समाप्त हो जाते हैं। कितने जीवन-यात्रा के कुछ पग डग धर राह में ही गिर जाते हैं। कितने कुछ दूर जा जीवन के वैयक्तिक, पारिवारिक, सामाजिक, स्व और परहित रूपी दायित्व बोझ से बोझिल हो टूट जाते हैं; उनका यह बोझ दूसरे उठाते हैं। इस तरह वैयक्तिक, पारिवारिक और सामाजिक सेवा की सतत साधना करता मानव मानव-हित में ही अपने को सदा के लिए समाप्त कर देता है। निरे वैयक्तिक सुख की साध में ही जीवन समाप्त कर देनेवाला मानव उस भूखे और नंगे भिखारी की तरह होता है, जो जीवन-भर भिक्षाटन

करने पर भी क्षुधा पीड़ित ही मरता है। गोस्वामी तुलसीदासजी ने परहित के लिए जन्म लेने और परहित हेतु ही जन्म वारनेवाले की एक सुन्दर व्याख्या की है। वे कहते हैं,

"तुलसी संत सुअंब तरु, फूलि फरहिं पर हेत।"

इसी प्रकार व्यक्ति अपने वैयक्तिक सुख-स्वार्थ से ऊपर उठकर जब परार्थ प्रेरित होता है तो वह आदरणीय हो जाता है, उसका जीवन अपने उद्देश्य, उसकी सफल परिणति की ओर जा रहा है, ऐसा जान पड़ता है। और जब उसका यह परार्थ पूर्ण जीवन समाप्त हो जाता है तो वह अनुकरणीय और वन्दनीय हो जाता है।

पं० जवाहरलालजी का सारा जीवन सरिता की तरह सतत सक्रिय रहा। उनके जीवन-प्रवाह से अगणितों ने जीवन पाया। छोटी-बड़ी अगणित सरिताओं की तरह अनेकानेक व्यक्ति और महत् शक्तिशाली व्यक्तित्व जवाहरलालजी के तपोपूत गंगा के व्यक्तित्व में समाहित हुए। देश की स्वाधीनता के समर में, गांधी की गंगा के प्रवाह में जवाहरलालजी सरस्वती और कर्मकन्या कालिन्दी दोनों रूप से समाहित हुए और इस प्रकार स्वाधीनता के समुद्र का साक्षात् कर अपने जीवन में ही गांधी के गंगा-रूप से अपने को उसमें समर्पित कर उसके प्रवाह को गंगा की तरह अन्तर्मुखी न कर उसे बहिर्मुखी बना गंगासागर रूपी भारत के विशाल अंतराल और विश्व के इस विराट आंगन में अपने को बहाते गंगा की उस धारा को जो स्वाधीनता के गंगासागर रूपी सिन्धु में समाहित हुई थी, मानवता के महासिंधु तक बहा ले गए।

इस प्रकार जवाहरलालजी का अवसान, उनका भौतिक देहत्याग, उनका मरण उन साधारण मानवों की तरह नहीं है, जो छुट-पुट तारागणों की भांति आते-जाते, छिटकते और लुप्त होते हैं, अपितु उस प्रकाशपुंज सूर्य की भांति है जिसके उदय से धरती और आकाश और समस्त जगती जगमग हो आलोकित और प्रकाशित होती है तथा अस्त होते ही समस्त सृष्टि गहन अंधकार, निराशा, नैराश्य और नीरवता के निस्तब्ध तथा नीरस घटाटोप में निद्रा-निमग्न हो जाती है। इसी प्रकार जवाहरलालजी का

महाप्रयाण हुआ जिसके होते ही समस्त अवनि और अंबर आभाहीन हो अंधकार से घिर गया।

सत्तरह वर्ष पूर्व इस देश का एक सूर्यास्त हुआ था जिसे लोग गांधी के नाम से पुकारते थे। वह अस्त होने के पूर्व अपनी आभा, आलोक, अरुणिमा और तेज प्रात्मभूतकर गया था एक अरुणिम और आभाशील सूर्य जवाहरलाल में जो तब से अब तक इन सत्तरह वर्षों में भारत और विश्व को अपने आलोक और प्रकाश से जीवनदान करता रहा और जो अब अस्त हो गया उस महासूर्य में जो मानवता रूपी इस महासागर से गांधी रूपी उस महासूर्य का जन्मदायी है।

जवाहरलालजी के निधन का समाचार दावाग्नि की तरह क्षणों में दिल्ली, देश और संसार में फैल गया। दिल्ली के लाखों लोगों की भीड़ प्रधानमंत्री के निवासस्थान की ओर बढ़ने लगी। भीड़ का ऐसा तांता लगा जो उनके शव उठने के समय तक बढ़ता ही गया। दूसरे दिन 28 मार्च को शव-यात्रा का जलूस जिस राजघाट पर गांधीजी का दाह-संस्कार हुआ था उसके निकट, जिस स्थान का नाम अब शान्तिघाट हो गया है, की ओर चला। जैसी भीड़ इस जलूस में हुई वैसी इसके पूर्व मानव-इतिहास में न केवल भारत में वरन् संसार में कहीं न हुई थी। दाह-संस्कार में भाग लेने सारे संसार से हवाई जहाज़ों पर विश्व के विशिष्ट राजनायक और नेतागण पधारे, जिन्हें देखकर शान्तिघाट पर दुनिया सिमट आई थी यह अनुमान होता था।

संध्या को साढ़े चार बजे चन्दन की चिता पर नेहरूजी का अग्नि-संस्कार हुआ। धांय-धांय जलती हुई अग्नि की लपटों में जवाहर का पार्थिव शरीर जलने लगा। सहसा मुझे कल उनके अवसान से अभी तक का वह सारा दृश्य और धरती एवं आकाश का प्रकंपन और रुदन याद आया। किसी शायर ने ठीक ही कहा है, "जब हम चले तो साया भी अपना न चले साथ। जब तुम चले, ज़मीं चले, आसमां चले।"

उनका भौतिक शरीर अग्नि की लपटों द्वारा पंचतत्त्वों में विलीन हो गया

परन्तु जिस स्थल पर उनका अग्नि-संस्कार हुआ वह स्थल अब सदा-सदा के लिए भारत और मानवता का एक तीर्थ बन गया। तीसरे दिन उनकी भस्म के कलश प्रधानमंत्री निवास-स्थान पर लाकर रखे गए। उन कलशों के दर्शन के लिए नौ दिन तक, जब तक वे वहां रहे, लाखों की संख्या में लोगों ने जाकर श्रद्धांजलि अर्पित की। निधन के बारहवें दिन प्रयाग में त्रिवेणी संगम पर और सारे देश में पुण्य सरिता-तटों, तीर्थ-स्थलों पर पुण्य सलिलाओं में उनकी भस्म का प्रवाह किया गया। जहां-जहां भी उनकी भस्म प्रवाहित की गई हज़ारों-लाखों की संख्या में जनता ने एकत्रित हो अपनी श्रद्धांजली अर्पित की। भारत के बाहर भी अनेक स्थानों को यह भस्म गई।

तेरहवें दिन नेहरूजी की इच्छानुसार उनकी यह भस्म हवाई जहाज़ों से समूचे देश के खेतों में बिखेर दी गई।

जवाहरलालजी ने अपनी वसीयत 1954 में कर दी थी। उस वसीयत के निम्नलिखित अंशों को पढ़ उनकी भारत और भारतीय संस्कृति के प्रति जो अगाध श्रद्धा थी वह ज्ञात होती है।

वसीयत

"मुझे मेरे देश की जनता ने, मेरे हिन्दुस्तानी भाई और बहिनों ने, इत्ता प्रेम और इत्ती मुहब्बत दी है कि चाहे मैं जित्ता कुछ करूं, वह इसके एक छोटे से छोटे हिस्से का बदला नहीं हो सकता है। सच तो यह है कि प्रेम इत्ती कीमती चीज़ है कि इसके बदले कुछ देना मुमकिन नहीं। इस दुनिया में बहुत-से लोग हुए जिनको अच्छा समझकर, बड़ा मानकर उनका आदर किया गया, पूजा गया...लेकिन भारत के लोगों ने, छोटे और बड़े, अमीर और गरीब, सब तबकों के बहिनों और भाइयों ने मुझे इत्ता प्यार किया कि जिसका बयान करना मेरे लिए मुश्किल है और जिससे मैं दब गया हूं। मैं अशा करता हूं कि मैं अपने जीवन के बाकी वर्षों अपने देशवासियों की सेवा करता रहूं, और उनके प्रेम के योग्य रहूं।

"बेशुमार दोस्तों और साथियों के मेरे ऊपर और भी ज़्यादा एहसानात हैं। हम बड़े-बड़े कामों में एक-दूसरे के साथ रहे, शरीक रहे, उन्हें मिल-जुलकर किया। यह तो होता ही है कि जब बड़े काम किए जाते हैं, उनमें सफलता भी होती है, नाकामयाबी भी होती है। मगर हम सब शरीक रहे सफलता की खुशी में और नाकामयाबी के दुःख में भी।...

"मैं चाहता हूं, और मन से चाहता हूं कि मेरे मरने के बाद कोई धार्मिक रस्म न अदा किए जाएं। मैं ऐसी बातों को मानता नहीं हूं और सिर्फ रस्म समझकर इनमें बंध जाना धोके में पड़ना मानता हूं। जब मैं मर जाऊं तो मेरी इच्छा है कि मेरा दाह संस्कार कर दिया जाए। अगर विदेश में मरूं तो मेरे शरीर को वहीं जला दिया जाए और अस्थियां इलाहाबाद भेज दी जाएं। इनमें से मुट्ठी-भर गंगा में डाल दी जाएं और उनके बड़े हिस्से के साथ क्या किया जाए, मैं आगे बता रहा हूं। इनका कुछ भी हिस्सा किसी हालत में बचा कर न रखा जाए।

"गंगा में अस्थियों का कुछ हिस्सा डलवाने की इच्छा के पीछे जहां तक मेरा ताल्लुक है, कोई धार्मिक खयाल नहीं है। इस बारे में मेरी कोई धार्मिक भावना नहीं है। मुझे बचपन से गंगा और यमुना से लगाव रहा है, और जैसे-जैसे मैं बड़ा हुआ, यह लगाव बढ़ता रहा। मैंने मौसमों के बदलने के साथ इनके बदलते हुए रंग और रूप को देखा है और कई बार मुझे याद आई उस इतिहास की, उन परम्पराओं की पौराणिक गाथाओं की, व उन गीतों और कहानियों की, जोकि कई युगों से उनके साथ जुड़ गई हैं और उनके बहते हुए पानी में घुल-मिल गई हैं।

"गंगा तो विशेषकर भारत की नदी है। जनता की प्रिय है, जिससे लिपटी हुई है भारत की जातीय स्मृतियां, उसकी आशाएं और उसके भय, उसके विजय-गान, उसकी विजय और पराजय। गंगा तो भारत की प्राचीन सभ्यता की प्रतीक रही है, निशान रही है, सदा बदलती, सदा बहती, फिर वही गंगा की गंगा। वह मुझे याद दिलाती है हिमालय की बर्फ से ढंकी चोटियों की और गहरी घाटियों की, जिनसे मुझे मुहब्बत रही है और

उनके नीचे के उपजाऊ और दूर-दूर तक फैले मैदान, जहां काम करते मेरे ज़िन्दगी गुज़री है।

"मैंने सुबह की रोशनी में गंगा को मुस्कराते, उछलते, कूदते देखा है और देखा है शाम के साये में उदास, काली-सी चादर ओढ़े हुए, भेद भरी, जाड़ों में समटी-सी आहिस्ते-आहिस्ते बहती सुन्दर धारा, और बरसात में दहाड़ती, गरजती हुई समुद्र की तरह चौड़ा सीना लिए, और सागर को बरबाद करने की शक्ति लिए हुए। यही गंगा मेरे लिए निशानी है भारत की प्राचीनता की यादगार की, जो बहती आई है वर्तमान तक और बहती चली जा रही भविष्य के महासागर की ओर।

"भले ही मैंने पुरानी परम्पराओं, रीति और रस्मों को छोड़ दिया हो, और मैं चाहता भी हूं कि हिन्दुस्तान इन सब ज़ंजीरों को तोड़ दे, जिनमें वह जकड़ा हुआ है, जो उसको आगे बढ़ने से रोकती हैं और जो देश में रहनेवालों में फूट डालती हैं, जो बेशुमार लोगों को दबाए रखती हैं, और जो शरीर और आत्मा के विकास को रोकती हैं। चाहे यह सब मैं चाहता हूं, फिर भी मैं यह नहीं चाहता कि मैं अपने को इन पुरानी बातों से बिलकुल अलग कर लूं।

"मुझे फख्र है इस शानदार उत्तराधिकार का, इस विरासत का, जो हमारी रही है, और हमारी है, और मुझे यह भी अच्छी तरह से मालूम है कि मैं भी सबकी तरह, इस ज़ंजीर की एक कड़ी हूं जोकि कभी नहीं और कहीं नहीं टूटी है और जिसका सिलसिला हिन्दुस्तान के अतीत इतिहास के प्रारम्भ से चला आ रहा है। यह सिलसिला मैं कभी नहीं तोड़ सकता हूं, क्योंकि मैं उसकी बेहद कद्र करता हूं, और इससे मुझे प्रेरणा, हिम्मत और हौसला मिलता है। अपनी इस आकांक्षा की पुष्टि के लिए और भारत की संस्कृति को श्रद्धांजलि भेंट करने के लिए, मैं यह दरख्वास्त करता हूं कि मेरी भस्मी की एक मुट्ठी इलाहाबाद के पास गंगा में डाल दी जाए जिससे कि वह उस महासागर में पहुंचे जो हिन्दुस्तान को घेरे हुए है।

"मेरी भस्म के बाकी हिस्से का क्या किया जाए। मैं चाहता हूं कि इसे हवाई जहाज़ में उंचाई पर ले जाकर बिखेर दिया जाए, उन खेतों पर जहां

भारत के किसान मेहनत करते हैं, ताकि वह भारत की मिट्टी में मिल जाए और उसीका अंग बन जाए।"

27 मई, 1964 को वह अपराह्न जब भारत का यह महासूर्यास्त हुआ हमने देखा, उसके बाद दूसरे दिन, तीसरे दिन और उनकी भस्मविसर्जन के बारहवें दिन तथा तेरहवें दिन जब उनकी भस्म हवाई जहाज़ों से भारत के खेतों में बिखेरी गई और उसके बाद देख रहे हैं भारत के जन-मन और उसकी मिट्टी में उनके लिए एक अपार वेदना, एक असह्य पीड़ा और रह-रहकर उठनेवाली वह कसक जो कोटि-कोटि भारतीयों और मानवता के हृदय में उठ रही है। काश ! उसे जवाहरलाल भी देख पाते कि उनका देश और देशवासी उन्हें कितना प्यार करते थे !

सिंहावलोकन

रवि रोज़ उदित होता है, होता रहेगा; सदा की भांति शशि भी अपनी शीतल सुषमा बिखेरता रहेगा; ग्रह, नक्षत्र और तारागण अपनी द्युति और आभा से सृष्टि को आलोकित करते रहेंगे; सरिताएं सदा उमड़ती रहेंगी और शान्त सरोवर भरे रहेंगे और समर्थ सिंधु भी अपने गम्भीर विशाल और व्यापक विस्तार में उमड़ता रहेगा; घन गर्जन करती घटाएं घिरेंगी, बरसेंगी, बिजली चमकेगी, गिरेगी भी; ग्रीष्म, वर्षा, शिशिर, हेमन्त और वसन्त सभी अपने समय, शक्ति और सेवा के संकल्प में बंधे सृष्टि से सदा सम्बद्ध रहेंगे। यही नहीं, वही दिन, वही रात, वही घड़ी, वही नक्षत्र, वही तिथि, वही त्योहार फिर-फिर लौट-लौट आएंगे, किन्तु इलाहाबाद की त्रिवेणी का सन् 14 नवम्बर का वह पानी जो हिमालय में गंगोत्तरी की ऊंचाई से बहकर आया था और जो अपने जीवन के 74 वर्ष की दीर्घावधि में हमारे देश और उसके राष्ट्रीय जीवन को उन्नत, उर्वर और उज्ज्वल बनाने के लिए संस्कृति, सभ्यता और राष्ट्रीयता की समन्वित धाराओं में संगम से प्रभावित हो सतत प्रवहमान रह सन् 27 मई, 1964 को मानवता के महासागर में समाहित

हो गया, अब कभी लौटकर नहीं आएगा।

कालान्तर में इतिहास भले अपने को दोहरा ले, किन्तु यह निश्चित है, जवाहरलाल नेहरू का जन्म, उनका जीवन और जीवनान्त—भारतीय इतिहास की यह महान घटना विश्व-इतिहास भी नहीं दोहरा सकेगा।

भारत के लिए जवाहरलाल नेहरू का जन्म उनके जीवन के कारण एक ऐतिहासिक घटना है। उन्होंने अपनी पूर्ण क्षमता और शक्ति के साथ अपना समस्त जीवन भारतीय आत्मा के उत्थान और उत्कर्ष हित अर्पित कर दिया था। वह जीवन ऐतिहासिक उल्लेख की वस्तु भी न रह अब कोटि-कोटि भारतीयों के रूप में युग-युगों तक मुखरित और प्रतिभासित होता रहेगा।

सन् 1916 के पूर्व का भारत का वह चित्र जब महात्मा गांधी ने सक्रिय रूप से देश के लिए अपने को अर्पित किया एक धुंधला-सा अस्पष्ट चित्र था जिसपर किसी एक ही व्यक्ति का स्पष्ट प्रभाव हम स्वीकार नहीं कर सकते। वह लोकमान्य तिलक, महामना मालवीय, लाला लाजपतराय, श्री अरविन्द घोष, श्रीमती एनीबेसेंट, श्री विपिनचन्द्र पाल आदि का ज़माना था। वे सभी नेतागण भारतीय आत्मा की मुक्ति के लिए अंग्रेज़ों से बार-बार संघर्ष कर रहे थे। इन्हीं दिनों महात्मा गांधी का प्रादुर्भाव हुआ। दक्षिण अफ्रीका में गांधीजी ने वहां के रंगभेद और दूसरी बातों के लिए जो काम किया था उसका यहां देशव्यापी प्रभाव हुआ था और देश के विज्ञ समाज को गांधीजी की सूझ-बूझ और प्रयत्नों पर भरोसा हो गया था। आहिस्ता-आहिस्ता गांधीजी ने भारतीय राजनीति में अपना असर बढ़ाया और राजनीति ही क्या बहुत जल्दी ही अपने अनूठे प्रयोगों और कार्यप्रणाली द्वारा उन्होंने देश के उस काल के विज्ञ समाज और सर्वसाधारण जनता पर अपने व्यक्तित्व की मुहर लगा दी। गांधीजी के इस असर ने लोगों के दिल में आज़ादी के लिए मर-मिटने की आग पैदा की और इस आग की चिनगारियों ने सारे देश में तूफान ला दिया। मातृभूमि की मुक्ति के लिए स्वाधीनता के इस संघर्ष में सर्वसाधारण के साथ देश के श्रेष्ठ वर्ग के लोगों ने

भी दिल खोलकर गांधीजी का अनुसरण किया। अनुसरण की इस श्रृंखला में देश के कोने-कोने से प्रदेश, ज़िला, तहसील, नगर, गांव और कस्बों के स्तर पर नेता तैयार हुए। वह ज़माना था जब गांधीजी ने मिट्टी से इंसान तैयार किए।

उस काल में नई पीढ़ी के लोगों में जवाहरलाल एक सर्वाधिक आकर्षक, तेजस्वी और प्रेरक कार्यकर्ता, जनसेवक और नेता के रूप में भारतीय राजनीति के मंच पर उपस्थित हुए। गांधीजी के अन्य अनुयायियों के साथ नेहरूजी भी देश के मुक्ति-आन्दोलन में भाग ले देश के लिए परिचित बन गए। उनका यह परिचय समय के साथ इतना बढ़ा कि उसी काल में गांधीजी के बाद जनता की आशा, आकांक्षा, श्रद्धा और विश्वास के जवाहरलाल प्रतीक बन गए।

सचाई, सेवा, निष्ठा और सतत संघर्ष के परिणाम में देश को आज़ादी मिली, पराधीनता के पाश से मातृभूमि मुक्त हुई किन्तु राजनैतिक मुक्ति के इस वरदान के साथ पौने दौ सौ वर्षों की पराधीनता का अभिशाप जो जुड़ा हुआ था। अशिक्षा, दारिद्रय और दीन-हीन भारत का वह चित्र जो हमें हमारे विदेशी शासकों ने सौंपा, दिन-रात जवाहरलाल को बेचैन करने लगा। अब जवाहरलाल भी बूढ़ा हो चला था। सन् 1947 की पन्द्रह अगस्त को जब देश आज़ाद हुआ जवाहरलाल की उम्र 58 वर्ष की थी। उसमें जवानी का जोश, युवावस्था का तूफान समाप्त हो चला था जिसने देश के स्वातंत्र्य-संग्राम में उसे अग्रणी सेनानी और आज़ादी का अन्तिम सिपाही बनाए रखा था। किन्तु आज़ादी की प्राप्ति के साथ उसके दिल की वह आग जो 1916 से 1947 तक बराबर जलती रही और अपनी प्रखरता और तेजस्विता से देशवासियों को प्रेरित करती रही एक बारगी अपने पूरे जोश से फिर भड़क उठी—देश की गरीबी, अशिक्षा और दुःख-दारिद्रय दूर करने।

पन्द्रह अगस्त, 1947 से 27 मई, 1964 तक यह आग एक अखण्ड अग्निकुण्ड की भांति सदा जलती रही जिसकी प्रखरता, ताप और शिखा से राष्ट्र का चतुर्दिक् विकास हुआ। राष्ट्र-निर्माण की इस वेदी और व्यक्तित्व ने अनवरत रूप से राष्ट्र के हर ऐसे अंग को जो गरीबी, अशिक्षा, दुःख-

दारिद्रय, जाति, वर्ग, सम्प्रदाय, रंगभेद, भाषा, मज़हब, रूढ़ि और परम्परा के अभिशाप से ग्रसित रहा मुक्त करने का प्रयत्न किया। इतना ही नहीं व्यक्ति-स्वातन्त्र्य और मानव-अधिकारों की प्राप्ति का यह जन्मदाता जीवन-भर न केवल अपनी मातृभूमि भारतवासियों के लिए जूझता रहा, उसका कार्यक्षेत्र समस्त विश्व बन गया। संसार के किसी भी कोने से पीड़ित मानवता को कराह सुन जवाहरलाल कभी भी चुप नहीं बैठा। उसने तत्काल आज़ादी और उपनिवेशवाद, साम्राज्यवाद-विरोधी शोषित-पीड़ित मानवता के लिए यथाशक्ति सदा अपनी सेवाएं भी अर्पित कीं।

इतिहास के आधुनिक काल में विश्व-रंगमंच पर महान प्रजातंत्रवादी जननायक के रूप में जवाहरलाल एक व्यक्ति और व्यक्तित्व के दोनों ही स्तर से उठकर एक ऐसा व्यापक शब्द बन चुका है जिसका सीधा सम्बन्ध जनता से है। इस एक शब्द में जनता की जैसी अभिव्यक्ति होती है वैसी कदाचित् दूसरे शब्द में नहीं। जनता को प्रजातांत्रिक तरीकों से उचित संरक्षण, न्याय और अधिकार दिलाने में जवाहरलाल ने अपने को अर्पित रखा। उनकी जनता का दायरा भी भारत तक सीमित नहीं था अपितु समस्त विश्व इस प्रजातन्त्रवादी जननायक का कार्यक्षेत्र और भावना-मन्दिर बन गया था। यही वजह थी कि चाहे जवाहरलाल स्वदेश में हों या विदेश में, कहीं भी जाइए जहां देखिए वहां जवाहरलाल के साथ लाखों का जनसमूह आपको दिखाई देगा। इस प्रकार जनता में जवाहर की और जवाहर में जनता की अभिव्यक्ति जवाहर की और जनता की—दोनों की एक ऐसी महान् उपलब्धि थी जो विश्व-इतिहास में दुर्लभ है।

भारत को यह गर्व और गौरव मिला कि बुद्ध अशोक, अकबर और महात्मा गांधी की परम्परा में जवाहरलाल एक ऐसा पांचवां रत्न उसे प्राप्त हुआ जिसने अपनी वाणी और कर्म से न केवल वर्तमान में हमें लेकर आगे बढ़ाया वरन् भविष्य के लिए भी ऐसे विचार और मान्यताएं दीं जिनके द्वारा हम आगे अनेक दशाब्दियों तक एक निश्चित आलोक में अपना और अपने देश का सुदृढ़ निर्माण कर सकेंगे।

भारत की न केवल नई पीढ़ी वरन् हर पीढ़ी जवाहरलाल के व्यक्तित्व और उनकी वाणी से जिसपर वय और अवस्था का कभी कोई असर नहीं हुआ और जो सदा अपनी पूरी तरुणाई से देश का युवकोचित आह्वान करती रही सदा और सर्वकाल में प्रेरणा ग्रहण करेगी। इतना ही नहीं, उनके कार्य, उनका आकर्षण, ओजस्वी और तेजस्वी व्यक्तित्व तथा उनकी संजीवनी वाणी हर कठिन काल में कोटि-कोटि भारतीयों के कण्ठ से मुखरित होगी।

परिशिष्ट-1

महापुरुषों की दृष्टि में

जवाहरलाल अपने ढंग के बेजोड़ शूर हैं। देश-भक्ति के बारे में उनसे बढ़कर और कौन है। जवाहरलाल स्फटिक के सदृश शुद्ध हैं। उनकी सचाई के विषय में तो शंका की जगह ही नहीं। वे एक निडर निष्कलंक और दोषों से रहित सेनापति हैं। जवाहरलाल तो बता के ऐसे बादशाह हैं जो हिन्दुस्तान को तो अपनी सेवा देना ही चाह हैं, पर उनके द्वारा समस्त संसार को भी अपनी सेवा देना चाहते हैं।

—महात्मा गांधी

जवाहरलाल ने राजनैतिक संघर्ष के क्षत्र में, जहां प्रायः छल और आत्मप्रवंचना चरित्र को विकृत कर देती हैं, शुद्ध आचरण का आदर्श निबाहा है। उन्होंने कभी सत्य से मुख नहीं मोड़ा, चाहे उसमें कितना ही खतरा रहा हो। न उन्होंने कभी झूठ के साथ कोई समझौता किया, चाहे उनमें कितनी ही सुविधा रही हो। उनकी प्रभावशाली बुद्धि हमेशा कूटनीति के उस मार्ग से मुखर अवज्ञापूर्वक हट जाती रही है जहां सफलता सस्ती और तुच्छ होती है।

—गुरुदेव रवीन्द्रनाथ ठाकुर

गांधी जी के बाद उन्हींका एक नाम है जो हिन्दुस्तान का नाम है।... मैंने ऐसा राजनीतिज्ञ नहीं देखा जो घृणा व दुर्भावना से इतना मुक्त हो।

—आचार्य विनोबा भावे

पिछले तीस वर्षों से कुछ अधिक से भारत का इतिहास जवाहरलाल नेहरू के जीवन और कार्यकलाप से अनिवार्यतः सम्बद्ध रहा है। देश के स्वतंत्रता-युद्ध में वे अग्रगण्य रहे हैं। अनेक वर्षों से कांग्रेस, उसकी अखिल भारतीय समिति और कार्यकारिणी समिति द्वारा स्वीकृत प्रस्ताव उन्हींके प्रस्तुत किए हुए रहे हैं और कांग्रेस की मुख्य-मुख्य नीति-घोषणा के मसवदे भी उन्होंने तैयार किए हैं।...सितंबर 1946 में पद ग्रहण करने के बाद

और विशेष रूप से अगस्त 1947 से शासनसूत्र उनके हाथों में रहा है। देश को बड़े-बड़े और महत्त्वपूर्ण निर्णय करने पड़े और उन निर्णयों के दूरव्यापी परिणाम भोगने पड़े हैं। साधारण मनुष्य इतने बड़े दायित्व के भार के नीचे टूट जाता, लेकिन वे चट्टान की तरह दृढ़ खड़े रहे।

—डा० राजेन्द्र प्रसाद

दृढ़ और निष्कपट योद्धा की भांति उन्होंने विदेशी शासन से अनवरत युद्ध किया। जवाहरलाल में ज्वलन्त आदर्शवाद, जीवन में कला और सौंदर्य के प्रति प्रेम, दूसरों की प्रेरणा और स्फूर्ति देने की अद्भुत आकर्षक-शक्ति और संसार के प्रमुख व्यक्तियों की सभा में विशिष्ट रूप से चमकनेवाले व्यक्तित्व ने एक राजनैतिक नेता के रूप में उन्हें क्रमशः उच्च से उच्चतर शिखरों पर पहुंचा दिया है। उनके चरित्र और कृतित्व का बहुमुखी प्रसार अंकन से परे है। और इन गुणों के कारण सर्वमान्य—जाति, धर्म, देशकी सीमाएं पारकर, उनसे सभी स्नेह करते हैं।

—सरदार वल्लभभाई पटेल

हमारी राष्ट्रगाथा में गांधीजी के साथ जवाहरलाल नेहरू का वही सम्बन्ध रहा जो राम के साथ लक्ष्मण का था। जहां तक दूसरे देशों का प्रश्न है उनकी राजनीति को भी जवाहरलाल से कितनी आत्मीयता है कि भारतवर्ष को ईर्ष्या होने लगे, क्योंकि जवाहरलाल नेहरू के प्रति भारत का लगाव प्रेमी का सा है।

—श्री चक्रवर्ती राजगोपालाचार्य

जवाहरलाल नेहरू हमारी पीढ़ी के एक महानतम व्यक्ति थे। वे एक ऐसे अद्वितीय राजनीतिज्ञ थे कि मानव-भक्ति के प्रति उनकी सेवाएं चिरस्मरणीय रहेंगी। स्वाधीनता-संग्राम के योद्धा के रूप में वे यशस्वी थे। और आधुनिक भारत के निर्माण के लिए उनका अवदान अभूतपूर्व था। उनके जीवन और उनके कार्यों का गहरा प्रभाव हमारे चिन्तन, हमारे सामाजिक संगठन और हमारे बौद्धिक विकास पर पड़ा है। नेहरू के सक्रिय और सार्वदेशिक नेतृत्व के बिना भारत के स्वरूप का चिन्तन लगभग असम्भव-सा लगता है।

—राष्ट्रपति डा० राधाकृष्णन्

आज पंडित नेहरू की कल्पना, व्यावहारिक अनुभव और यथार्थवादी आदर्श के कारण ही हमारी नई आशा का द्वार खुला है। और दक्षिण एशिया और उत्तरी अफ्रीका के साठ करोड़ निवासियों के लिए एक सुखतर और उन्नत जीवन की भावी सम्भावना दीखने लगी है।

—हिजहाइनेस आगा खाँ

यहां आयरलैंड में हम लोगों के लिए गांधी के बाद नेहरू का नाम ही हिन्दुस्तान की आज़ादी का पर्याय रहा है, स्वयं उस आदर्श का और उसकी प्राप्ति के आन्दोलन का भी। हमें खुशी है कि अपने प्रारम्भिक रचनात्मक वर्षों में आज़ाद हिन्दुस्तान की बागडोर नेहरू के हाथों में है। हम प्रार्थना करते हैं कि देश के स्वतंत्रता-संग्राम के दौरान में उन्होंने जितने भव्य स्वप्न देखे हैं वे सभी पूरे हों; जो कुछ भी भारतीय जनता की भलाई के लिए है वह सम्पन्न हो; जो कुछ भी राष्ट्रों के बीच भारत की प्रतिष्ठा को ऊंचा उठाए वह सब सम्पन्न हो; मानवता के कल्याण और सुख के लिए भारत की देन सदा बढ़ती रहे।

—श्री एमन डे वेलेरी
(आयरलैंड के राष्ट्रपति)

वे अपने देश के महान सेवक और एशिया एवं विश्व के एक विशिष्ट राजनेता हैं।...नेहरू को न केवल इतिहास का ज्ञान है जोकि राजनेताओं के लिए प्रायः महत्त्वपूर्ण होता है, वरन् इससे भी अधिक बहुत कुछ उनके ज्ञान-भंडार में है। वे तो इतिहास का दर्शन भी जानते हैं। इसीलिए वे वर्तमान एवं भविष्य की प्रवृत्तियों की नब्ज़ पकड़ लेते हैं। साथ ही वे एक साहसी पुरुष भी हैं।

—श्रीमती भंडारनायके
(सीलोन की प्रधानमंत्री)

संसार के समस्त नेताओं में सबसे ज़्यादा उन्होंने मनुष्य के शान्ति-अरमानों और खोज को ताकत दी। आज दुनिया के सम्मुख यही समस्या

है। युद्ध-रहित संसार की खोज में उन्होंने समस्त मानवता की खोज की है।

—श्री जॉनसन

(संयुक्त राष्ट्र अमरीका के राष्ट्रपति)

श्री नेहरू आधुनिक युग के असाधारण राजनेता के रूप में विख्यात हैं, जिन्होंने जनगण के बीच में मैत्री एवं सहयोग को दृढ़ बनाने के लिए तथा मानव-जाति की प्रगति के लिए संघर्ष में अपना सारा जीवन लगा दिया। वे समस्त विश्व में शान्ति के लिए संघर्ष करनेवाले जोशीले सेनानायक थे। राज्यों के मध्य शान्तिपूर्ण सहअस्तित्व के सिद्धान्तों को साकार बनाने के लक्ष्य के कट्टर हिमायती थे।

श्री ख्रुश्चोव

(सोवियत रूस के प्रधान मंत्री)

उनके जाने से राष्ट्रमंडल और तमाम दुनिया को महान हानि पहुंची है।

—सर ऐलक डगलस होम

(ग्रेट ब्रिटेन के प्रधान मंत्री)

उनका नाम तमाम दुनिया के लोग हमेशा लेते रहेंगे।

—श्री जो मो केन्याता

(केनिया के प्रधानमंत्री)

हमारे समय में युद्ध की समस्या अन्य सभी समस्याओं पर छा गई है, राष्ट्रों के दो प्रबल गुट जिनके पास मानव-जाति के संहार के व्यापक शस्त्रास्त्र हैं, तथा जो समझौते की आवश्यकता से बिलकुल बेखबर-से हैं, आमने-सामने ताल ठोक रहे हैं। गुटों से पृथक् रहनेवाले देशों में भारत सबसे महान एवं महत्त्वपूर्ण देश है...भारत ने विश्वयुद्ध टालने के लिए बहुत कुछ किया है और कर सकता है...भारत और विश्व नेहरू का ऋणी है...मानव-इतिहास के इस कठिन समय में नेहरू शान्ति और स्थिर बुद्धि के लिए विख्यात हैं।

—अर्ल वर्ट्रेण्ड रसल

नेहरू भारत के प्रधानमन्त्री ही नहीं बल्कि अपने देश में ऐसे विशिष्ट पुरुष हैं जिनके इशारे पर करोड़ों भारतवासी नाचते हैं। इतना सब होते हुए

भी वे विशुद्ध तन्त्रवादी हैं।......समस्याओं के भार और यत्र-तत्र अपनी नीति की आलोचनाओं से सर्वथा अविचलित नेहरू अपना उत्तरदायित्व सुचारु रूप से साहस-पूर्वक वहन कर रहे हैं और उनके धैर्य एवं उद्देश्य की दृढ़ता सर्वत्र सराहनीय है।

—लार्ड पैथिक लारेन्स

भारत की समस्याओं की बाढ़ से जूझने के उनके तरीके से गवर्नर जनरल के रूप में मैं बहुत प्रभावित हुआ। ब्रिटेन के प्रति उनकी मैत्रीपूर्ण भावना तथा राष्ट्रमण्डल में भारत को बनाए रखने की उनकी इच्छा ने भी मुझे मुग्ध कर दिया था।

—लार्ड माउंट बेटेन

भारतीय स्वाधीनता-संग्राम तथा अन्तर्राष्ट्रीय मामलों में उल्लेखनीय भारतीय योगदान के संदर्भ में गांधीजी के साथ श्री नेहरू को भी मैं बहुत महत्त्वपूर्ण व्यक्ति मानता रहा हूं। शान्ति के हित में उनके अथक प्रयासों का मैं सदैव प्रशंसक रहा हूं......किसी भी राजनेता एवं व्यक्ति की महानता इस बात से आंकी जाती है कि तत्कालीन समाज के आधारभूत मूल्यों अर्थात् स्वतन्त्रता, शान्ति एवं समृद्धि के प्रति अपनी जनता की रचनात्मक अभिलाषाओं एवं प्रयासों का वह कहां तक प्रतिनिधित्व निर्वाह कर सकता है।

—श्री टीटो

(यूगोस्लाविया के राष्ट्रपति)

जवाहरलाल नेहरू का जीवन विविध रूपों में सम्पूर्णतया एवं समृद्धि का प्रतीक रहा है। उनके जीवन में भारत की आत्मा रम गई है...... सच तो यह है कि श्री नेहरू भारतीय जनता के सुख-सपनों के द्रष्टा ही नहीं वरन मानव-चेतना के भी प्रतीक हैं। विशेषकर इन सबके, जिन्होंने भारतवासियों के समान ही अनुभव किए हैं, वैसे ही समस्याओं का सामना किया है श्री नेहरू ने एक ओर तो अपनी जनता तथा एशिया और अफ्रीका की जनता की आकांक्षाओं का बखूबी प्रतिनिधित्व किया है तो दूसरी ओर उन्होंने शेष विश्व की जनता के स्वप्नों एवं आकांक्षाओं की जानकारी अपनी

तथा एशियायी और अफ्रीकी जनता को दी।

—**कर्नल नासिर**

(अरब गणराज्य के राष्ट्रपति)

प्राचीन सांस्कृतिक विरासत में पलने के बावजूद वे अपने देशवासियों को यह कभी नहीं भूलने देते कि इतिहास गतिशील होता है और कोई भी भारतीय केवल अतीत की गौरव-गाथा में मग्न होकर तथा आधुनिक विश्व के नागरिक गुणों से वंचित रहकर मनःतुष्टि नहीं कर सकता......विदेशी मामलों में भी जवाहरलाल ने अपने देश की भावनाओं को निश्चित रूप से यथार्थ का जामा पहनाकर उन्हें सौम्य बनाने का सदैव ध्यान रखा है। भारतीय स्वाधीनता-संगाम से अपने दीर्घकालीन सम्बन्ध तथा इतिहास के गहन अध्ययन के फलस्वरूप उनके मन में यह बात घर कर गई है कि कोई भी नव स्वाधीन राष्ट्र किसी शांति गुट (गुटबाज़ी) में शामिस होकर अपनी स्वाधीनता अक्षुण्ण नहीं रख सकता।

—**श्री यूनू**

(बर्मा)

अनेक वर्षों तक भारत में ब्रिटिश सरकार की कैद में रहने बावजूद उनके मन में ज़रा भी कड़ुवाहट या द्वेष-भाव नहीं है। किसी छोटी बात से प्रभावित न होने की उनमें मानसिक महानता है। नेता के रूप में उन्होंने पूर्व और पश्चिम दोनों का सामंजस्य स्थापित कर भारत के भविष्य-निर्माण में योग दिया है......नवोदित राष्ट्र के नेता में तानाशाह बनने की प्रबल लालसा होती है परन्तु नेहरू ने यह अनुभव किया कि सरकार द्वारा बलात् परिवर्तनों की अदेक्षा जनता की सहमति से किए गए सुधार अधिक स्थायी होते हैं। इस लिए उन्होंने तानाशाही प्रवृत्ति को कभी अपने पास नहीं फटकने दिया।

—**लार्ड एटली**

परिशिष्ट-2

जीवन की महत्त्वपूर्ण घटनाएं

14 नवम्बर, 1889	इलाहाबाद में जन्म
1904	इंग्लैण्ड रवाना
1912	भारत वापिसी
1916	महात्मा गांधी से भेंट
1920-22	दो बार जेल
1923	कांग्रेस के महासचिव
1926	यूरोप और रूस की यात्रा
1928	लखनऊ में साइमन कमीशन के खिलाफ जलूस का नेतृत्व
1929	कांग्रेस के लाहौर अधिवेशन के अध्यक्ष
14 फरवरी, 1935	अलमोड़ा जेल में आत्मकथा पूरी की
21 अक्तूबर, 1940	सत्याग्रह में गिरफ्तार
7 अगस्त, 1942	कांग्रेस के बम्बई अधिवेशन में 'भारत छोड़ो' प्रस्ताव रखा
8 अगस्त, 1942	गिरफ्तारी। अहमद नगर किले में रखा गया
मार्च, 1946	दक्षिण-पूर्व एशिया का दौरा
6 जुलाई, 1946	चौथी बार कांग्रेस के अध्यक्ष चुने गए
2 सितम्बर, 1946	गवर्नर जनरल की कार्यकारी परिषद् के उपाध्यक्ष
15 अगस्त, 1947	भारत के स्वाधीन होने पर प्रधानमन्त्री बने
3 फरवरी, 1948	राष्ट्रसंघ महासभा में भाषण (1956 और 1961 में भी)
1954	चाऊ के साथ पंचशील के सिद्धान्तों पर हस्ताक्षर

31 अक्तूबर, 1956	संयुक्त राष्ट्र संघ के नाम विशेष संदेश मिस्र पर हमले के सम्बन्ध में कार्यवाही की मांग
अक्तूबर, 1948	राष्ट्रपति ट्रूमैन को निमंत्रण। अमरीकी-यात्रा (1956 और 1961 में पुनः अमरीका गए)
1953	लंदन में महारानी एलिज़ाबेथ का राजगद्दी में शामिल हुए
दिसम्बर' 54	मलय, इंदोनेशिया, थाई देश और बर्मा की यात्रा
1955	रूस-यात्रा (फिर 1961 में रूस-यात्रा)
8 जुलाई, 1955	रोम में पोप से गोवा के संबंध में वार्ता
15 जुलाई, 1955	भारतरत्न की उपाधि से सम्मानित
1956	चीन-यात्रा
जून-जुलाई, 1956	आयरलैंड, पश्चिमी जर्मनी, फ्रांस, यूगोस्लाविया आदि देशों की यात्रा
जून, 1957	सीरिया, डेन्मार्क, फ़िनलैंड, नार्वे आदि की यात्रा
अक्तूबर, 1957	जापान-यात्रा
1958	नेपाल की दूसरी यात्रा
11 दिसम्बर, 1956	राष्ट्रपति आइज़न हावर के साथ संयुक्त वक्तव्य
सितम्बर-अक्तूबर, 1959	राष्ट्रीय एकता के लिए सम्मेलन बुलाया
सितम्बर, 1960	राष्ट्रसंघ में भारतीय प्रतिनिधि मंडल का नेतृत्व
अक्तूबर, 1962	चीन के आक्रमण से आघात
जनवरी, 1964	भुवनेश्वर कांग्रेस अधिवेशन के समय बीमार
27 मई, 1964	देहावसान